婚姻這門生意

1

NOVEL.

KEN

ILLUST.

Misty 系田

目錄

CONTENTS

CHAPTER 01.

惡女比安卡

名門貴族布蘭克福特伯爵家的嫡長女，如今的阿爾諾伯爵夫人——比安卡，佇立在垂掛著綠色窗簾的窗前，俯視外面的景色。

風隱約從未關緊的窗戶縫隙中吹入，寒風也鑽過石牆。比安卡身穿深綠色綢緞禮服搭配白狐皮草，卻依然不能完全抵擋鑽進石牆的寒氣。

比安卡的下唇因為令人渾身發顫的寒意而顫抖，但她更加貼近牆邊、隱藏自己的身影，不讓窗外的人發現。

窗外有一群騎馬的健壯士兵，渾身帶著還來不及抹去的駭人戰爭氣息。他們騎著的馬吐著鼻息，發出呼嚕聲，全都是血統優良的戰馬。

比安卡所住的三樓房間雖然有些高度，但還是能看清每一位士兵的臉龐。她碧綠色的雙眼凝視著隊伍最前方的男人。

那人在阿爾諾家管家——文森特的熱情接待中，從一匹特別高大的黑馬一躍而下，銀灰色的短髮隨風飄逸。

阿爾諾堡的主人，鐵血伯爵，也是比安卡的丈夫——扎卡里·德·阿爾諾凱旋歸來。

城堡裡的人都熱烈歡迎他。扎卡里從未打過敗仗，每次從外面回來，都能帶回讓領地更加富強的好消息，是位深受領民敬愛的領主。

CHAPTER ✢ 01.

身為伯爵家的女主人，比安卡應該站在管家身旁，擔憂扎卡里在旅途途中太過辛勞，並遞出刺繡手帕才對。可是她沒有去迎接扎卡里，反倒躲在堅硬的城牆後方。

反正沒有任何人會想起她。

扎卡里是出色的騎士。身為子爵家二兒子，沒有爵位的身分讓他受到世人輕視，他卻靠一己之力立下赫赫戰功，獲封男爵和這座名為阿爾諾的城池。後來，又參與了無數戰爭，晉升到子爵、伯爵之位，甚至得到「鐵血」的稱號。

和比安卡訂婚時，扎卡里只不過是個男爵，沒有資格與布蘭克福特伯爵家攀上關係，但比安卡的父親主動向他提出這門親事。

難道是看出了他的潛力？如果真的是這樣，父親肯定是最厲害的先知，讓比安卡咂舌。

他雖然是靠微薄的資本獲得好成果的優秀女婿，卻不是個好丈夫。

扎卡里在婚後發動無數場戰爭，總是讓比安卡獨自留在城堡中，自己則流連戰場，彷彿離不開死亡的死神。

即使如此，比安卡在這段一蹋糊塗的婚姻中，也不打算把所有責任都怪罪在他頭上。

畢竟比安卡自己也不是個好妻子。

他們成婚時，扎卡里二十歲，比安卡年僅七歲。即使成婚的目的是為了壯大家族，成就自己的名譽，但對胸懷壯志、血氣方剛的二十歲貴族青年而言，比安卡這位妻子過於年幼且不懂事。

比安卡和扎卡里的婚姻生活當然不可能一帆風順。比安卡無法適應阿爾諾家，與扎卡里之間也平淡如水。

就這樣過了九年，如今扎卡里已經二十九歲，比安卡十六歲。曾經滿腔熱血的貴族青年經過淬煉，成為顯露出沉穩威嚴的男子漢，卻依然保有青澀的年輕氣息。這陌生的模樣，讓比安卡莫名地心跳加速。

她最後記憶中的扎卡里，是宛如被歲月消磨的油畫般，五官模糊的男人。因為他們碰面的機會太少，比安卡心中對扎卡里也滿是抗拒。

她只記得他望向自己的疲倦眼神，以及對她毫無期盼的冷漠。這是比安卡對扎卡里最後的，幾乎唯一類似「感覺」的記憶。

這時，扎卡里抬頭看向比安卡所在的位置。或許是感受到了比安卡的視線，那像黑色山葡萄果實般的雙眸確實直視著比安卡。一對上扎卡里的視線，比安卡嚇得躲到窗簾後方。

CHAPTER ✣ 01.

這幾乎是本能反應。心臟怦怦跳動，比安卡的睫毛在淡綠色大眼的上方顫抖著。本來就像木蓮花瓣一樣白皙的臉龐失去血色，變成一片純白的雪地。

「呼……」

比安卡調整呼吸，試著冷靜下來，但這並不容易，她還是一直顫抖著，不知道是因為寒意，還是對未來將發生的陌生事物感到懼怕。

比安卡稍微平靜下來後，從窗簾後方小心翼翼地探向窗邊。扎卡里確定那道令人在意的目光來自比安卡後，似乎變得興致缺缺，收回視線，向自己的家臣們下達指令。

兩人再也沒有對上視線，比安卡看著在陽光下閃耀的銀灰色髮絲進入宅邸，消失在建築物裡，同時拉上垂掛在窗戶前的窗簾。

比安卡將依舊不停顫抖的雙手如祈禱般，緊握在胸前。她不知道要用什麼表情面對這位許久不見的丈夫，感到十分不自在。

丈夫！

比安卡彆扭地在嘴裡反覆說著陌生詞彙。他與自己的關係稱不上是陌生人，卻跟陌生人沒什麼不同。

結婚曾經是男女相愛結出的果實，但隨著時代變遷逐漸變質。近來因為相愛而締結的婚姻幾乎不存在，農奴之間也是如此，他們會為了溫飽而結婚，之後才與對方培養感情。

貴族們更是如此，家族之間都希望透過聯姻謀求政治結合，以此得到利益，是一種「結盟婚姻」。

這樣的情形隨著時間推移越發嚴重，先有後婚的情形也不在少數。即使人們嘲諷這樣的婚姻是種「生意」，貴族們依然一逮到機會就想盡辦法進行這樣的「生意」。

比安卡的婚姻也是這種生意的結果。連自己都照顧不好的七歲黃毛丫頭跟二十歲血氣方剛的年輕人之間哪有情愛可言？

如果說婚姻是一場生意，那比安卡的婚姻就是失敗的交易。她被當成商品賣來這裡，卻無法勝任這樣的角色。她和扎卡里之間宛如無法咬合的齒輪，發出刺耳的聲音，最後停止轉動。

比安卡・德・布蘭克福特。

雖然是扎卡里・德・阿爾諾的妻子，卻在他死後被以奢侈、背叛、淫亂的罪名逐出阿爾諾家，又因娘家布蘭克福特家族沒落而無家可歸，被趕到邊疆的簡陋修道院，最後在冰冷的石地上死去。

CHAPTER ✣ 01.

不知名譽為何物的惡女。

這是比安卡重生前的上一世。

＊　＊　＊

比安卡分明已經死了。

她記得自己的最後一刻是跪在修道院冰冷的石地上不停咳嗽，向神祈求度過的，那感覺鮮明得像不久前才發生。

「神啊，倘若您可憐我，就請您再給我一次機會。我知道我很差勁，犯下很多愚蠢的錯，下次我一定會踏實地活著，不會再做出那種蠢事……我不想這樣死去……」

面對死亡，比安卡凹陷的眼眶中盈滿淚水，那些將她趕到這間修道院的人們的譏諷和嘲笑在耳邊迴盪，她更加懇切地向神祈禱，似乎想將這些聲音趕出腦海。

但比安卡從未想過神會實現她的心願。因為假如神真的垂憐她，就應該在她做出錯誤的選擇之前現身，引領她走上正途。

她的身體撐不了多久，病體無力地癱軟在地，雙眼漸漸闔上。比安卡終究無法繼續堅持，倒在原地。

甚至沒有力氣撐起倒在石地上的身體，比安卡用盡最後的力氣，仰望高高在上的女神像。在朦朧的視線中，女神高潔的面容彷彿正說著願意實現她的心願。

比安卡微微扯動龜裂的嘴唇，發出自嘲的笑聲，認為直到最後一刻都不願意放棄希望的自己十分沒出息。

最後微微一笑，比安卡閉上眼。她以為自己這次閉上眼，就不會再醒來了。

但比安卡醒來了，還回到了青春洋溢的年少時代。

三十八歲，在修道院裡呼喚著神，因肺病死去的比安卡消失得無影無蹤。

比安卡睜眼所看到的，是她在阿爾諾堡的寢室。刻有阿爾諾家家徽的牆面圖樣及室內擺設，過往的畫面太過鮮明，讓她頭暈目眩。

是夢嗎？還是天堂之門開啟前的最後一個幻覺？

毫無頭緒的比安卡把自己關在房間裡。彷彿只要閉上眼睛再張開，就會看到自己的屍體悲慘地倒在修道院冰冷的石地上。她絕對不想回去那個地方。

第一天，害怕的比安卡躲在棉被裡發抖，不願離開。

第二天，她像要把一切全部砸碎似的，把房間裡的東西翻得一團亂，木箱裡的貴重物品都被她粗暴地倒在地上。

CHAPTER ✣ 01.

第三天，她發瘋似的放聲尖叫。

第四天，她命令女僕不停把料理端來，一整天不顧形象地狼吞虎嚥。

不過，即使她不斷做出詭異的舉動，也沒有任何人在意。大家只當作是個性差勁、好吃懶做的女主人在肆意妄為罷了。

比安卡雖然是阿爾諾堡的女主人，卻從未承擔起任何相應的責任與義務，更別提成為城堡主人，也就是她丈夫扎卡里的賢內助。她只對自己房間的裝潢、一些微小的愛好和選購奢侈品感興趣。

所以阿爾諾堡裡不可能有人喜歡她、在意她，不過是看在她娘家布蘭克福特家的面子上，不冷落她而已。

「不可能。」

比安卡低聲說道。房間裡因為這幾天的破壞而一片狼藉，連她自己也是如此。銅褐色頭髮像瘋子般凌亂，淡綠色的瞳孔冰冷又了無生氣。只撥過琴弦、刺繡、翻書的纖細手指也因為在房間裡到處亂翻而指甲斷裂，腫了起來。

但還是比她三十八歲時，因為凍傷而變得鮮紅腫痛的手指來得更體面。比安卡抓起睡裙裙襬，滑過手掌的柔軟觸感與在修道院穿的粗糙布料天差地遠。

比安卡疲憊地看向掛在壁爐上方的女神像。用象牙雕刻而成的女神像，是比安卡當作嫁妝帶來的珍品。雖然後來她被驅逐到修道院，這座雕像自然也被無賴流氓搶走了……

她臨死前看見大理石女神像那隱約的微笑，與壁爐上的象牙女神像重疊。

不是夢也不是幻覺。這種飢餓感、疲勞感與真實感……

這一切都是真的。

「這真的是現實？」

比安卡無力地笑了。身體疲憊不堪，腦中卻思緒萬千，她疲乏的嗓音有些迷茫，昏沉的腦袋有如千斤重。

不管怎麼想都沒有答案。

如果這才是現實，那自己的人生又算什麼？

直到死亡之前所經歷的一切，難道只是一場惡夢嗎？

但若將被驅逐到那片石地的淒慘境遇，還有愛情遭到背叛所帶來的傷害都當作一場夢也太過真實了。想起那個玩弄自己的男人，心中依然會因憤怒而發疼。

那種心情怎麼可能只是一場夢。

假如淒涼的死亡是真的，現在站在這裡也是真的……這麼說，我是回到過去了嗎？

CHAPTER ✣ 01.

「真的，回到過去了嗎？」

冷清的房裡響起比安卡的嗚咽聲。

萬一、萬一真的是這樣，萬一神真的給了我珍貴的第二次機會……！

終於接受現況的比安卡就這樣蜷起身體哭泣，傷心的哭聲彷彿受傷的野獸在大聲哭喊，但她滿是淚水的臉上，卻充滿了重獲新生的喜悅。

＊＊＊

將壓抑的情緒宣洩出來後，比安卡的心情平復下來，整理好自己的儀容。沉溺在情緒裡已經夠久了。

比安卡盡可能理性地了解情況。不過，她還是想不通這種奇蹟究竟為什麼會發生在自己身上。雖然這的確是她臨死前真心祈求的事，但奇蹟不會因為這樣就降臨吧？

雖然在人生的最後進入了修道院，但老實說，比安卡不是虔誠的信徒。她會進入修道院，只是因為除了那裡之外，沒有地方願意收留她。嫁妝跟個人財產都被搶走了，身上還帶著不倫汙名的女人，不可能會受到歡迎。

修道院要求她透過祈禱與懺悔洗去身上的罪，但被驅逐至此的比安卡只憎恨著上帝。她的一生中充斥著悔恨，心懷憎恨也是理所當然。她埋怨、厭惡著神，為什麼偏偏賜予她如此坎坷的一生？

比安卡向神承認自己的錯誤，是在她進入修道院十五年後。那時她已經瀕臨死亡了。她實在想不通，為何讓這種奇蹟降臨在如此不敬的她身上。

比安卡看著映在鏡中的自己，宛如屍體般全身發青的女人已經消失了。鏡中的比安卡，肌膚像山羊乳般白皙柔軟，柔嫩的臉頰上還有宛如蜜桃絨毛的白色細毛，象徵她的青春。光滑緊緻的美麗臉龐上不是帶著懵懂的稚氣，而是對未來的不安、焦慮與恐懼。

比安卡靠著床頭坐下，呆愣地望著空中。想起自己七歲時，父親突然向她提起婚事的那一刻。

『比安卡，其實我今天要幫妳找一樁婚事。』

那天她被允許享用平常不太能吃到的巧克力蛋糕，年幼的比安卡單純地為這件事感到開心。父親給了比安卡許多甜點，用各種華麗詞藻讚頌婚姻的好處，只為了讓比安卡不要反抗，乖乖地自己走進婚禮會場。

『對方是阿爾諾家的扎卡里·德·阿爾諾男爵。他最近剛獲封爵位，雖然還沒

CHAPTER ✢ 01.

有得到回覆，但他應該不會拒絕。』

父親的聲音像巧克力一樣甜蜜，但當時吃下的巧克力蛋糕卻莫名像乾澀的泥土一樣難吃。或許當時的自己已經本能地預料到，自己的婚姻生活會十分坎坷。儘管如此，比安卡仍完全沒有想到這場婚姻會是這樣的結局。

不過就算她預料到了，也不會有任何改變。父親一旦訂下婚事，她作為子女只能乖乖順從。除非對方有嚴重失格的行為，否則子女不能拒絕，況且像比安卡如此年幼的孩子，就算對方不適合，也大多沒辦法出聲反抗。

＊＊＊

比安卡就這樣在年幼的七歲嫁到阿爾諾。當時的扎卡里也不過是二十歲的年輕人，但在七歲小孩眼中，仍高大得令人感到恐懼。

和比安卡的臉蛋一樣大的手掌與冷漠的態度，樸素的黑色毛衣散發出死亡的氣味。扎卡里雖然長得很英俊又有男子氣概，但就是這副充滿男性魅力的外表反而讓比安卡對他十分戒備。在年幼的比安卡看來，扎卡里就跟守墓人沒什麼兩樣。

扎卡里不知道該如何和小孩子相處，比安卡則無法親近父親以外的成年男子。

比安卡躲著扎卡里，扎卡里也無法輕易接近比安卡。

扎卡里很努力地想對她好，但問題在於他的方式不是用一句溫暖的話或親切的笑容，而是以禮物和金錢討比安卡歡心。

這正是讓比安卡更加寂寞的開端。

靠著床頭的比安卡環視自己的房間。

鋪在地上的地毯是用高級羊毛精細織成的，光腳踩上就能感受到柔軟非常。那鮮豔的色調還有細膩的花紋，肯定是非常昂貴的物品，但自己以前似乎用它比不上絲綢地毯為由，感到不滿。

丈夫扎卡里·德·阿爾諾，因為戰功被國王賞賜了豐饒的領土與財物，因此相當富有，但還是無法跟家族世世代代都很繁榮的比安卡娘家，布蘭克福特家相提並論。

身為武將的扎卡里生性木訥樸實，與華麗的打扮一點也沾不上邊。務實的個性也反映在阿爾諾堡的裝潢上，但他依然盡全力迎合從小在布蘭克福特家被奢侈品包圍的年幼妻子。

領主扎卡里的房間裡只有樸素的地毯跟裝飾，還有簡單的木雕家具，但比安卡房間裡有最華麗的絨毛壁毯、用黃金綴飾的家具，還有用珍貴染料染製的布匹。

CHAPTER ✦ 01.

然而，這對比安卡來說仍舊不夠，無論扎卡里多麼盡心盡力，還是難以達到比安卡的標準。

以前的比安卡把扎卡里的努力詆毀得一文不值，就算送她用從遙遠異國引進的紫色染料染製而成的昂貴服裝，她還是責怪扎卡里布料上沒有黃金刺繡。

有一天，比安卡可以動用的預算大幅減少。無止盡的戰爭讓戰馬的需求源源不絕，箭矢與刀劍更是經常短缺。比安卡本來打算在天氣變熱前更換房間的裝潢，無法如願的她非常生氣。

對她而言，布置房間並不單純是因為奢侈。

她牽著奶媽的手，離鄉背井來到這座陌生的城堡。她不認識這裡的人，和丈夫也合不來，無法對他產生感情，布置自己的空間是為了稍微緩解一點寂寞。將房間裝飾得跟布蘭克福特堡一樣華麗，穿上跟以前一樣高級的服裝待在這個空間裡，就會有回到家鄉的感覺。

不過，要把樸素的阿爾諾堡裝飾得跟布蘭克福特堡一樣需要大筆金錢，所以編列了多少預算在她心裡是很重要的事，甚至為此親自去找平時刻意迴避的丈夫扎卡里。

『到底為什要打仗？打贏再多戰爭有什麼用？只會變得越來越窮而已！』

『這次減少預算是特例。』

『住在這座城堡裡一點樂趣也沒有，你剝奪了我唯一的幸福。』

『……』

比安卡哽咽著，通紅的雙眼狠狠瞪著扎卡里。他望著比安卡不發一語，轉身離開房間。比安卡覺得自己遭到了輕視，屈辱感讓她渾身顫抖。

她不太記得當時感受到的屈辱，究竟只是因為無法改裝房間，還是因為扎卡里完全沒有跟她商量就刪減了預算。

扎卡里在這場戰爭中大獲全勝。他得到令人豔羨的賞賜，不僅彌補了比安卡被刪減的預算，甚至給她比之前更多的錢財，像要補償她。

可是比安卡真正需要的不是這些。

扎卡里因為頻繁出征而經常不在城堡裡。比安卡不曉得他為什麼如此執著於戰爭。事實上，執著於戰爭的不只是扎卡里，男人們都是如此。比安卡總是目送扎卡里的背影逐漸遠去。

就算要相看兩相厭，那也得經常相看才行，這對夫妻連這點都做不到。無法對丈夫扎卡里產生感情讓比安卡感到孤獨，就像只有自己一個人住在這座偌大的城堡裡。這點在跟著她從娘家過來的奶媽珍妮死於傳染病後，變得更加嚴重。

CHAPTER ✢ 01.

她拒絕與周圍的人溝通，陷入自己的世界裡。等比安卡成年的那一天，夫妻之間早已出現深不見底的鴻溝。

一般來說，十六歲就是成年，但這對夫妻直到比安卡十八歲都還沒有度過初夜。

當比安卡十八歲，扎卡里三十一歲時，外頭的情勢變得越發嚴峻。

戰爭一觸即發，家臣們提出阿爾諾家需要繼承人的建言。

雖然一直以來都存在這樣的意見，但都因為各種狀況一再拖延。如今無法再推遲下去了，扎卡里才邁開沉重的腳步來到她的房間。

那是在秋收前的某一天。

扎卡里站在比安卡的房門前。她還記得很清楚，當時他望向自己的眼神是多麼炯炯有神。平日很少經過她房門口的人現在卻親自來訪，沉默地注視著她。

驚慌的比安卡雙手顫抖著，手裡的繡框也跟著搖晃。雖然在他面前顯露出不安，但比安卡依然裝做一無所知，抬起下巴冷漠地指責扎卡里。

『您突然來訪實在不合禮數。您提前知會我才對。』

『我來我妻子的房間，是不合禮數的事嗎？』

『……至少不是常有的事。您突然過來應該有理由吧。有什麼急事嗎？』

『聽起來像是如果沒有急事，就不能來找妳了。』

比安卡對他的排斥顯而易見，看穿她的扎卡里勾起一邊嘴角，露出諷刺的笑容。比安卡緊抿雙唇，用沉默代替回答。對她而言，無論事情有多重要急迫，她都不想見到扎卡里。

『很遺憾，我有非常緊急的事。雖然到目前為止都以各種理由推託，但家臣們都希望我擁有子嗣，所以一週後，我們要共度初夜，請妳做好心理準備。』

『什麼？』

『意思就是，妳也到該盡妻子真正義務的時候了。』

比安卡不敢相信地眨著眼睛。扎卡里再次說明，但她仍舊茫然地摸著繡框，毫無真實感。

似乎是對支吾其詞的比安卡感到惱火，扎卡里盯著她低頭看著地板的細白後頸好一陣子，之後猛然轉身離開房間，仍不忘補上一句話叮嚀。

『別忘了，一週後。』

比安卡不敢相信。

說什麼初夜，這對她來說過於唐突又莫名其妙。

比安卡對性事並非一竅不通，至少擁有「必要」的知識。因為在比安卡月事來潮的隔天，奶媽就說她已經是大人了，並告訴她夫妻之間的祕事。

CHAPTER ✢ 01.

但那已經是她十三歲時的事了。在那之後過了五年，雖然奶媽付出所有努力讓比安卡成功坐穩阿爾諾家女主人的位置，卻無法消弭比安卡對扎卡里的偏見和顧忌，反而因為她對扎卡里感到不滿，讓比安卡和扎卡里更加疏遠。

不過，珍妮確實非常照顧比安卡，為她盡心盡力。如果她再活久一點，絕對不會默默看著比安卡做出沒懷上丈夫的子嗣，又愛上其他男人的荒唐事。

不，或許她打從一開始就不會寂寞到愛上費爾南。

但問題就在於珍妮離世得太早，比安卡從此過著任性妄為的生活。不喜歡就拒絕，對自己招人厭惡這件事也裝作不知道。

她這短暫的一生中，最想逃避的問題就是有關丈夫扎卡里的事。但沒有任何人告訴過她作為阿爾諾家的女主人該承擔什麼責任與義務，連扎卡里也沒有。因此到最後，不管是夫妻義務還是什麼，比安卡都只做自己喜歡的事來打發時間，導致夫妻關係逐漸疏遠。

＊　＊　＊

比安卡原本過著悠閒的生活，突然要面對房事，讓她驚恐又不安。

奶媽說過第一次和男人發生關係，身體會像撕裂般疼痛，雙腿之間也會流血。因為還沒有經歷過那種痛楚，她害怕得下顎直發抖。至於流血啊，都是每個月會流一大堆血的人了，那有什麼好害怕的？

其實真正讓比安卡心慌的，是她必須在扎卡里面前脫下衣服，與那個男人肌膚相親這件事。想到要在男人面前展露出從未袒露過的身體，比安卡的後頸就泛起雞皮疙瘩。

他一定會看著她跟同齡人相比顯得發育不良的身材，發出失望的嘆息……

她不是因為沒有豐滿的胸部，或是個子不高而感到自卑。比安卡從來不覺得這些是缺點。

但她非常在意扎卡里看到她身材後的反應，只是因為她不想被扎卡里挑剔。誰會喜歡被當面嘲諷身體部位啊？比安卡沒有信心能在那種狀況下堅強地面對，她覺得這就是自己為什麼會如此慌亂的原因。

雖然說扎卡里會嘲諷她的這個前提本身就是錯的，但對當時的比安卡而言，扎卡里就是那樣的存在——一個總是讓比安卡感到不悅，違背她心意的存在。

即使如此，比安卡也沒有名義能拒絕他。儘管她拋下了自己的義務和責任，但作為妻子，與扎卡里同床共枕本來就是理所當然的事。

CHAPTER ✣ 01.

比安卡十三歲時，奶媽珍妮在過世之前就不斷叮嚀她，在與丈夫度過初夜時一定要保持沉著，千萬不能慌張，必須維持貴族應有的風度。

珍妮預計比安卡在十六歲左右會迎來初夜，但實際上比她所想的晚了兩年，在比安卡十八歲時才發生。

比安卡不認為丈夫是在體貼年幼的她。那不是體貼，而是冷落。是因為嫌麻煩才放任她不管，現在也只是因為厭倦了家臣的建言才過來找她。

就在比安卡想盡辦法壓抑焦躁的同時，一週的時間稍縱即逝，約定的日子迫在眼前。她依舊打扮得漂亮端莊，堅強地迎來與他的第一夜。

雖然無法掩飾不斷顫抖的身體，她仍努力故作鎮定地抬起下巴，淡綠色瞳孔在銅褐色睫毛下閃爍著抗拒的光芒。

比安卡告訴自己這不算什麼——直到躺在床上被他抱住為止。

雖然學過男女之間的床笫之事，但實際面對時完全不同。比安卡緊閉著雙眼，用力咬著嘴唇，深怕自己發出哀嚎。

尖銳的痛楚竄過比安卡顫抖的身體！

每當扎卡里擺動身軀，比安卡纖細的身體也被迫跟著搖晃。她覺得自己就像一葉扁舟在暴風中不停飄盪，感到如此無力。

痛苦難耐的比安卡慢慢爬離，不自覺地想逃跑，但扎卡里寬大的手掌握上她緊抓著被褥的手，她像被釘住般動彈不得。身為武將的扎卡里比嬌小的比安卡高大許多，他將比安卡困在懷裡，無法動彈。

比安卡趴在床上，柔順的銅褐色長髮披散在顫巍巍的白皙頸後。趴著的比安卡耳邊傳來一聲扎卡里的喘息，充滿欲望又溼潤的氣息讓她腦袋一片空白。

那夜，扎卡里沒有放過比安卡。他多次在比安卡體內釋放，直到她的雙腿間一片溼黏。她一次又一次地接受扎卡里，直到東方的天空泛白。

初夜的經驗在她心中留下衝擊與恐懼，感覺就像遭到野獸吞噬。就算這是她的義務也太過於駭人。比安卡再也不想和男人共度夜晚，從此對扎卡里更加抗拒。

就算扎卡里無視比安卡的抵抗想侵犯她，比安卡也無能為力。但幸好他似乎不想強迫她，默默接受了她的拒絕。

話雖如此，扎卡里和比安卡在度過初夜後，也不是沒有再發生關係。他出征之前一定會去找比安卡，表情僵硬又嚇人，沒有多餘的客套話，只沉默地抓著她的手臂將她拉向自己。比安卡也只有這一天不會拒絕他。

扎卡里是戰無不勝的大將，但戰爭是充滿不確定性的怪物。或許是擔心自己會死去，激起了想留下繼承人的欲望，也可能是家臣們又在背後逼迫他。

CHAPTER ✢ 01.

除非是出征之前，否則扎卡里不會去找比安卡，而比安卡對此也沒有多想。
直到某天，比安卡偶然聽到女僕們閒聊。女僕響亮的聲音讓遠處的比安卡也聽得一清二楚。
『怎麼會這麼死纏爛打呢？馬伕、騎士、侍從們都一樣，男人們腦子裡就只有那件事，真是討厭死了。』
『天哪，這女人，嘴上說著討厭，屁股卻開心得搖個不停。』
『我想要的是別人，接近我的人卻都是沒有出息的廢物。』
『不然你想要誰？加斯帕德爵士？羅貝爾爵士？』
『呵呵……』
『難道是領主大人？』
對方半開玩笑地問道，女僕發出笑聲，好像這是個有趣的笑話。但嗓門響亮的女僕沒有否認對方的話，對方也意識到了這點，提問的女僕壓低音量，緊張地四處張望。
『被夫人聽到會受罰的。』
『夫人沒有那麼關心我們的領主大人啦。啊，可憐的領主大人。其他沒出息的男人都有女人們追在屁股後面跑，那偉大英俊的大人卻被惡毒的夫人拴住脖子獨守空房。妳知道嗎？聽說夫人和領主大人一年裡睡不到三次喔？妳覺得這像話嗎？』

惡毒的夫人。

比安卡冷笑一聲。她本來就知道下人跟女僕看自己不順眼，卻沒想到他們講得這麼難聽，還議論她和扎卡里的床事。

『一定有情婦吧。和夫人結婚都已經超過十年了，怎麼可能這段期間都獨守空房呢？』

『騙人！我們領主大人不是這種人！』

『什麼不是那種人啊，剛才是誰說男人們都會偷藏私房錢，一點都不能相信啊？』

『啊啊……好想被領主大人抱在懷裡，那堅實的胸膛……』

『聊其他話題吧，妳不要作夢了。』

女僕們吵吵鬧鬧地走遠，但偷聽她們說話的比安卡卻一步也動不了。扎卡里有情婦的消息讓她胸口發緊，喘不過氣來……

她莫名感到不悅，心裡毫無來由地湧上一股厭惡感。

情婦！

她怎麼會沒想到他有情婦？

沒錯，就是因為有情婦，才會坦然接受她的拒絕，才會不斷推遲他們的初夜直到比安卡十八歲吧。這樣一想，一切就都說得通了。

那天之後，比安卡更加抗拒扎卡里，對男人的不信任和對床事的恐懼在她的心中盤踞不散。

＊　＊　＊

就在這不幸的婚姻生活中，她遇見了讓她的人生被徹底改變的那個人。

比安卡與美男子費爾南的相遇，正是所謂命運般的愛情。

與比安卡年齡相仿的費爾南，是個宛如朝陽的耀眼男子。如果扎卡里是跟石頭一樣木訥的武將，費爾南就是有如徐徐微風，溫柔多情的吟遊詩人。

他說了許多丈夫扎卡里從未說過的甜言蜜語。不了解男人的比安卡就這樣輕易地被他的溫柔吸引，對男人的不信任感也在認識費爾南之後逐漸消失。

但唯獨對床事的恐懼依然束縛著比安卡，就算她確實愛上了費爾南，卻遲遲不肯接受他。

費爾南青綠色的雙眼盈滿淚水，將比安卡的纖細手指拉向自己腫脹的性器說：

「夫人不想要我嗎？我是如此渴望夫人……」

比安卡的指尖碰到的性器像燃燒的木炭般滾燙。不知所措的比安卡別過頭，白嫩雙頰也紅得像熟透的蜜桃。

雖然依舊害怕男女情事，但她還是對費爾南渴望著自己的事實感到心動不已。心跳聲不僅在耳邊迴盪，甚至在腦袋中震響，使她暈眩。比安卡像著了魔一般，不由自主地拉起裙襬。

那是一種衝動。費爾南將微微露出的腳踝視為允許，一把抱住她，倒進樹叢裡。

＊＊＊

雖然比安卡在不知不覺中與費爾南發生關係，但他們之間的性愛沒有比較愉悅，只是沒有和扎卡里做愛時那麼痛苦。不過這不是因為她愛著費爾南，而是因為費爾南的性器比扎卡里的還小。

但她還是很開心。明知道這是出軌，一旦被發現會受到懲罰，比安卡仍然盲目地認定這段戀情。彷彿全世界都受到陽光照耀般明亮，身體也像置身在雲端一樣輕飄飄的，比安卡徹底陷入與費爾南那甜蜜的戀情中。

就在這時，傳來了丈夫扎卡里在戰爭中中箭身亡的噩耗。但比安卡對扎卡里的死沒有任何感覺，反而因為終於獲得了自由而十分開心。

她相信她可以拿著嫁妝，還有父親跟兄長死於戰爭後託付給阿爾諾家的布蘭克福特領地，和費爾南再婚。就算他只是個吟遊詩人，也沒人可以阻止比安卡嫁給他。她和費爾南生下的孩子將會是未來的布蘭克福特伯爵！想想就讓人覺得興奮。

她的興奮卻持續不了多久。

當比安卡意識到情況不對勁時，已經是扎卡里的兄長——羅蘭・德・維格子爵侵占阿爾諾領地的時候了。

羅蘭以扎卡里和比安卡之間沒有子嗣為由，認為比安卡並非阿爾諾家的人。再加上羅蘭不知道從哪裡得知了比安卡出軌的行為，以此為證據，主張比安卡連嫁妝都無法拿走。

更雪上加霜的是，羅蘭連布蘭克福特的領地也搶走了。

這真的太離譜了！

儘管比安卡拚命抗議，她與費爾南之間的出軌行為就是一項大罪。沒有人支持比安卡。

就連貴為國王伯父的雅各布·德·塞夫朗公爵也支持羅蘭，沒有靠山的比安卡只能身無分文地遭到驅逐。

那時，比安卡還相信著情人費爾南。儘管自己身無分文，費南雪也曾深情地向她表白，說無論她變成什麼樣子都愛著她。那一刻，費爾南青綠色的眼眸宛如烈火般閃耀，充滿真誠。於是比安卡抱著對情人堅定的信任去找費爾南。

可是費爾南對一無所有的比安卡非常冷漠。

『喔，愚昧的夫人啊，我們的關係到此為止了，請別來纏著我。您曾是個更有風度的女性不是嗎？現在您失去了一切，更應該珍惜那分風度吧？』

『費爾南，你怎麼突然變成這樣？』

『因為我不需要繼續和妳牽扯下去了。』

總是如花一般溫柔的微笑從費爾南的臉上消失，溫柔的眉眼間只剩下令人心寒的輕蔑。

費爾南輕吻她臉頰和雙唇的回憶還記憶猶新，現實中的他卻冷若冰霜。比安卡不敢相信他劇烈改變的態度，雙唇不停顫抖。

『什、什麼意思？費爾南，我們明明相愛……』

『那不是愛情，而是欲望吧。可憐又無知的夫人啊，竟然被一時的欲望蒙蔽雙眼而失去一切。但請不要認為是我的錯，我之前跟您說過很多次了，千萬不能愛上我啊。』

費爾南的嘴像抹了油一樣狡猾地辯解，但他確實說過那些話——

『夫人，您不能愛上我。我光是勒緊理智的韁繩就已經費盡全力了，請夫人務必堅守界線。』

費爾南的雙眼彷彿直視她的靈魂，毫無動搖，他描摹著她的雙唇，落下細碎的吻，彷彿在努力隱藏自己對比安卡的愛慕之情。

比安卡聽到他說的話，兩人之間的回憶都變成消散的幻影。心愛戀人突然的背叛比丈夫的死更徹底粉碎她的心。比安卡喘不過氣來，視線模糊不清，難以支撐住自己的身體。

她的身體在寒風中搖晃。以前的她可能披著珍貴的白狐皮草，或者混合灰色松鼠毛織成內裡的高級斗篷，但如今裹在她身上的只有一張破舊的毯子。

若是從前的比安卡，可能連拿來墊腳都嫌破爛。但只要能跟戀人費爾南在一起，她就覺得無所謂。

但現實不如吟遊詩人所唱的歌曲。

費爾南越是繼續譏諷，比安卡的表情就越難看。她微微動著嘴唇，受到的所有傷痛卻都只在嘴裡打轉。遭受背叛的痛苦太沉重了，她連尖銳反駁的力氣都失去了。

『那、那並不是欲望，我對你是真的……』

『夫人，我理解您絕望的心情，但請您不要說謊。您自己也知道，您是因為戰爭狂丈夫始終不在身邊而感到寂寞，所以才看上我的，不是嗎？』

費爾南尖銳的話語宛如匕首，切碎了比安卡脆弱的心。他將這段關係破裂的責任全部推給了比安卡。

不是的，不是那樣，那怎麼會是欲望。

比安卡只是非常寂寞。

要蜷縮著身子，待在沒有任何人喜歡她的偌大阿爾諾堡並不容易。她再也不想一個人忍受充斥整個房間的寒意。

假如她對丈夫扎卡里溫柔一點，這一切有可能會不同嗎？但她沒有勇氣改變已經僵化的關係。

如此寂寞難耐的比安卡當然會像嘴裡的舌頭，被如蜜一般香甜的費爾南吸引，費爾南也表現得像願意為她掏心掏肺，這輩子只遇過扎卡里一個男人的她，輕易地相信了這段愛情。

『多虧於此，我輕鬆地成功誘惑了您，我才能從維格子爵，喔，現在已經成為伯爵的那位手中得到豐厚的酬勞。我很享受和夫人上床，但您也知道金錢有多珍貴吧？所以就算我拋棄您，也請您理解。』

比安卡的腦袋嗡嗡作響。維格子爵正是扎卡里的兄長，將她逐出家門的主謀。她不僅驚訝於費爾南與維格子爵彼此認識，更無法理解為什麼費爾南會得到維格子爵給的報酬。

比安卡悵然若失地望向費爾南，宛如被雨淋溼的小貓。費爾南對這樣的她使出最後一擊。

『不諳世事的夫人啊，這個世界在您眼中似乎就像一片花海一樣美好。和突然出現在城堡裡的英俊吟遊詩人墜入愛河，這不是連老派浪漫小說也不會出現的情節嗎？您真的一點都不曾懷疑過？我完全不能理解絲毫不知世間險惡的貴族夫人，究竟是怎麼長大的。』

『費爾南！』

他到最後都在譏諷比安卡。她看著費爾南拋下自己冷靜遠去的背影，反覆回味這段她無法理解的這段對話。過了好一會兒，她才終於明白費爾南是受到維格子爵的指使，計畫性地接近她。

但現在才醒悟已經太晚了。比安卡手裡什麼也不剩了。財產、愛情、子嗣、家人，所有一切。甚至是美好的回憶與感情，一切都支離破碎，化成星火灰煙。

「混帳。」

再次想起費爾南，她只能咒罵出聲，連眼淚都流不出來。比安卡曾經因為對費爾南的愛而忍受自己對床事的恐懼，他卻用「欲望」這個詞來蒙騙她。

更何況，和他發生關係帶來了什麼結果？不就是讓人以淫蕩的藉口，將比安卡驅逐到那片石地嗎？

費爾南之所以如此殷勤地誘惑她，不是因為真的愛上她，而是受到維格子爵的指示。當她明白這一點後，對男女之間的情愛完全失去了興趣。

比安卡無力地嘆了一口氣，望向窗外，夕陽西下。

她回憶起當初在避人耳目的隱密處，費爾南撥弄魯特琴，自己靜靜聽著他歌聲的日子。

當時她感覺就像成了戀愛小說中的主角般，心情飄飄然，但一想到那背後是層層堆疊的偽裝與陰謀，就感到無比噁心。

假如再次遇見，不管用什麼理由都一定要毀了那張得意的臉。比安卡咬緊牙關，濃烈的恨意在眼裡流轉。

＊＊＊

身為貴族之女的比安卡，不僅不諳世事，也不懂得該如何守護屬於自己的東西，所以才會一無所知地被趕出去。在冰冷的修道院裡，比安卡封閉內心，對人生感到十分後悔。

我為什麼會相信費爾南的愛？我為什麼沒有生下孩子？我為什麼會這樣被趕出去？

比安卡將所有悔恨都歸咎於同一個原因——

她的丈夫，扎卡里．德．阿爾諾。

如果她和丈夫有個孩子，或許就不會被這樣趕出去。

不，如果當初能他好好相處，自己就不會被費爾南利用了。

不，假如一開始沒有跟他結婚，她就不會被牽扯進維格子爵的陰謀中才對……

如果她能重新回到和扎卡里結婚前的七歲，而不是十六歲，一切會變得如何？

就算如此，她最後還是會和扎卡里結婚。因為扎卡里和比安卡的婚姻，是比安卡的父親揀選後的決定，也是對布蘭克福特家最有利的政治聯姻。

即使是回到十六歲，對比安卡而言也無比幸運，是千載難逢的機會。如果還不滿足就太過分了。

雖然不明白自己為什麼會重生，但比安卡十分清楚自己今後必須怎麼活下去。因為這些都是她在寒冷的修道院裡後悔、回想過無數次的事。

這一次新的人生，她絕不會再經歷那樣的侮辱，那樣的屈辱。

她現在明白了，既然結婚是一門生意，那麼謀取屬於自己的利益才是明智的選擇。比安卡收起那些無濟於事的猜想，努力為自己的未來做打算，那雙淡綠色的眼睛因為下定決心而閃閃發亮。

扎卡里原本死於他三十六歲那年的戰爭，也就是七年後，比安卡二十三歲時。為了不在他死後被孑然一身地趕出去，她絕對不能對費爾南或其他男人動心，必須努力懷上扎卡里的孩子。

如此一來，那個孩子會成為阿爾諾家的繼承人，比安卡也能統治阿爾諾領地，直到那孩子長大。而那孩子長大後會照顧自己，這真是完美的策略。

但問題是，她和丈夫的關係不怎麼好，沒辦法擁有子嗣。

『我現在十六歲……也就是連初夜都還沒度過的狀態……』

比安卡茫然地嘆了口氣。距離第一次初夜還有兩年。而且扎卡里絕對不會主動先碰比安卡。他一點也不著急，如果當初家臣們沒有催他，他們的初夜可能直到扎卡里死去都還盼不到。

但她不能枯等。

對她來說，剩下的七年乍看之下很長，但考慮到扎卡里總是因為打仗而不在城堡，和他相處的時間大概不到一半。

幸運的話，只要發生一次關係就能成功。但懷孕這件事，自古以來不是都拒絕渴望它的人，反而馬上奔向不期待它的人嗎？

這樣算下來，想要懷上孩子，七年太短了，當然不能再虛度這兩年的光陰。比安卡必須先下手為強。無論是誘惑他，還是說服他。

她的臉頰開始發燙。要怎麼做呢？難道要先溫柔地引誘他，再等他出手嗎？但她不是有性感魅力的那種類型，可行性不怎麼高。

還是要厚著臉皮直接要求他？就像家臣們說服扎卡里一樣，理直氣壯地宣稱為了阿爾諾家族，必須早點生下繼承人，說不定扎卡里就會點頭。

比安卡再次失落地嘆了口氣。即使她先伸手，扎卡里也不會喜歡她的，反而會瞪著她，懷疑她什麼時候如此關心阿爾諾家了？是不是在打什麼主意吧？畢竟他們夫妻之間的關係原本就跟陌生人一樣，不，說不定比陌生人還不如。

回想起來，比安卡能坐穩阿爾諾家女主人之位直到扎卡里戰死沙場，令人感到不可思議。如果自己是扎卡里，早就把女方趕出去了。

說不定扎卡里也想把她趕出去，只是可憐她沒有可以回去的娘家才放任不管，也有可能是想徹底併吞失去繼承人的布蘭克福特家，才會留下她。

比安卡認為後者比較可信，否則她完全想不到扎卡里如此容忍她任性妄為的理由。

他們的婚姻從一開始就只是政治聯姻，夫妻間根本沒有情感與忠誠。更何況他需要展現忠誠的對象也不是比安卡。

扎卡里的結婚對象不是比安卡，而是布蘭克福特家。他堅守與布蘭克福特家之間的政治協議，為大王子衝鋒陷陣，為這段婚姻付出了沉重的代價。

沒錯，他和比安卡是契約關係。他的目的是家族結盟及繁榮，如果能讓他達到繼承家族這個目標，他想必不會拒絕。

即使他的心可能另有所屬。

——扎卡里說不定有情婦。

那位女僕說的這句話至今依舊鮮明清晰。當時她顫抖著身子閉上眼，裝作沒有聽到。她對不愛的丈夫只感到厭惡，對他和誰交往並不感興趣。

比安卡甚至沒有確認扎卡里是否真的有情婦。她其實認為扎卡里沒有情婦才奇怪。

她自然而然地想像起扎卡里溫柔輕撫著陌生女人的臉頰，與對方身體交疊的畫面。

那是什麼樣的女人呢？是農奴嗎？還是其他貴族的千金？扎卡里愛她嗎？比安卡露出苦笑。

扎卡里喜歡什麼樣的女人都無所謂，因為比安卡的目的不會改變。

必須擁抱那抱過其他女人的身體，當然十分屈辱又反胃，但總好過遭到其他人玩弄，被奪走一切後逐出家門。

『我是在做生意，結婚也是一門生意，扎卡里的孩子將會是非常好的交易籌碼。不僅能守住我的嫁妝，布蘭克福特領和阿爾諾領也不會被那個該死的子爵搶走。』

比安卡緊閉雙眼後張開，眼中燃起熊熊怒火。

仔細想想，這一切都是維格子爵害的。對那個殘忍奸詐的小人而言，弟弟扎卡里的死亡只不過是讓他中飽私囊的機會。

不，說不定扎卡里的死也和他脫不了關係，畢竟只有他會因為扎卡里死亡得到好處。

而且從費爾南接近比安卡的時機來看，維格子爵陰險的計畫明顯就像堆積許久的灰塵一樣蓄謀已久，想必是當時就決定把她趕出去，才會讓費爾南來接近她。

維格子爵利用費爾南傷害比安卡，奪走了她的一切——未來與過去的回憶。他把比安卡擁有的一切丟進火坑後，想到自己得到的好處，肯定欣喜若狂。只是想像就讓比安卡怒火中燒，內心翻騰。如果比安卡能成功改善與扎卡里的關係，順利懷孕生下阿爾諾家的血脈……

接下來就是復仇了。

無論是維格子爵還是費爾南，不管用什麼方法、花多少時間，比安卡都一定要報仇，將自己曾受過的屈辱和傷害原封不動地奉還。

比安卡是伯爵家的千金，雖然一開始是嫁給了一介男爵，但最終她成為了伯爵夫人。她的自尊心強，之所以無法和扎卡里維持融洽的關係，這分自尊心也是原因之一。而她的人生竟然被區區一個子爵玩弄於掌心，這讓比安卡更加憤怒。

窗外的晚霞不知何時被黑暗完全吞噬了。那天空就與比安卡此刻的心情一樣，漆黑一片，看不到前方也看不到盡頭。然而，當旭日東昇時，黑暗會消失殆盡，彷彿從未侵蝕過這個世界。

比安卡已經完全接受了自己的重生，期待著名為復仇的破曉之日。她將雙手放在胸前，喃喃向神祈禱。

「……我讚頌您的慈悲，赦免我的罪並復活我的身軀，實現了我的願望。我會堅定不移地信奉您，深信您的旨意與我同在而為……以這條重生的性命為誓，真心全意。」

比安卡的嘴角詭異地上揚。她的眼眸帶著宛如初春新芽的清新光芒，深處燃燒搖曳的烈火。那是不會輕易熄滅，蘊含著執念的欲望之火。

CHAPTER 02.

睽違十五年的重逢

「伯爵大人在哪裡？」

突然聽到比安卡問起領主的行蹤，管家文森特的臉微微皺起。即使他非常清楚比安卡根本不關心扎卡里，但這次太過分了。他毫不掩飾對比安卡的責難，無奈地回答：

「……領主大人不是帶兵出征了嗎？」

難怪。從重生到振作起精神，她大吵大鬧了一番。不管夫妻之間再怎麼冷淡，她鬧出這麼大的騷動，扎卡里也會過來看一眼才對，讓比安卡為扎卡里完全沒有出現感到疑惑。

扎卡里剛好因為征戰而離開城堡，從各方面來說都非常幸運。雖然比安卡已經下定了決心，但還是很慶幸有時間能做心理準備。

不需要馬上去見扎卡里的事實讓比安卡暗自鬆了一口氣，裝作若無其事的樣子問：

「是嗎？預計何時回來？」

「……最後一次收到消息時，大人說預計會在冬天的時候返程。」

「嗯～」

比安卡緩緩點頭並看向窗外，就連一個點頭也散發出貴族的優雅氣質與慵懶，

CHAPTER ✢ 02.

以及她對扎卡里毫不關心的態度。不喜歡她這個態度的文森特面露苦澀。

管家文森特是個大約四十歲的男人，據說在扎卡里尚未獲得男爵之位，還在維格家時就相識了。這位資歷最老的家臣對扎卡里特別忠心，專職打理城內事務，因此經常和比安卡發生爭吵。

這座城堡裡看比安卡不順眼、討厭她的人不可勝數，其中對她最不滿的應該就是這位文森特。可能比愛慕扎卡里的女僕們更常詛咒比安卡。

而且，他從未掩飾對比安卡的厭惡，大概是因為他確定就算比安卡因為文森特的態度去跟扎卡里告狀，扎卡里也不會因此將自己趕出去。

但他是個優秀的管家。就算態度令人不滿，那只是他個人的情緒，他非常努力滿足阿爾諾家女主人比安卡大部分的願望，在服侍比安卡這件事上沒有任何疏忽或讓人不滿之處。

因此比安卡也不追究他無禮的態度。只要不越界，自己知道分寸，比安卡就滿足了。反正她也不期待下人們對她忠心耿耿，只要做好份內的事不偷懶，也不會竊取主人的財物，她都能寬心以待……

當然，這只是比安卡自己的想法。雖然她並不是會特別使壞的主人，但阿爾諾家的下人們都非常討厭她，完全不曉得為什麼。

不過，即使如此，比安卡這一世也不想找出原因並去改善。雖然對前世有諸多悔恨，但那只是對於其中幾個因素，沒有理由也沒必要變成善良的人，因為即使重獲新生，她也不想改頭換面。

比安卡是個不稱職的妻子，就算人生跌落谷底，也不曾為丈夫的死去感到遺憾，更對自己被趕出家門的屈辱耿耿於懷，是個重生後比起發誓要重新愛上丈夫，對戀人的報復心反而更強烈的女人。這就是比安卡，她此生的目標只不過是一輩子的安穩，以及為前世的遭遇復仇，自己的名聲或者與他人的關係並沒有那麼重要。

文森特用生硬的語氣反問看著窗外陷入思緒的比安卡。

「還有別的指示嗎？」

「不，沒了。」

比安卡搖搖頭，她已經問完想知道的事了。正想打發失去用處的文森特離開時，她猛然想起了什麼，補道：

「啊，對了。這個冬天好像會很冷，你幫我準備一件狐狸皮草，最好是白色的。」

「……我知道了。」

文森特再次皺起眉頭，一臉「果然如此」的表情。明明已經有好幾件皮草，卻每次都要製作新的。丈夫身在戰場上，她卻一如既往奢侈消費，令人生氣。

他們年幼的女主人以奢侈聞名。在布蘭克福特家被當作金枝玉葉培養長大，她能得到任何能用金錢買來的東西。和扎卡里結婚時，布蘭克福特家送來的嫁妝更是天文數字。

嫁妝雖是新娘方準備的婚需用品，但按照當時的慣例，萬一新郎英年早逝，就要以嫁妝為基準，給予守寡的新娘更多補償。所以當丈夫過世後，妻子可以帶著一倍的嫁妝再婚或是獨自生活。

新娘的父母通常為了女兒著想，會盡可能準備最多的嫁妝，男方也很歡迎這筆馬上就能到手的鉅額錢財。

不過布蘭克福特準備的金額太多了，相當於當時阿爾諾家兩年的預算。萬一扎卡里戰死，補償的金額足以讓大部分的阿爾諾領地直接落入布蘭克福特家手中。最後扎卡里不得不厚著臉皮，懇求布蘭克福特家稍微調整嫁妝金額。

這樣娶來的小姐自然是極具格調與傲慢，典型的貴族千金。小小年紀卻不喜歡玩扮家家酒，必須獻上珠寶或狐狸皮草討她歡心。她只和自己帶來的奶媽交談，除非必要，不然不會和下人們說話。

那感覺像在劃清界線。好像擁有伯爵家高貴血統的她，不願意和出身卑微的人們交談。讓大家產生這種感覺的，還有比安卡的眼神。

布蘭克福特家清澈的淡綠色瞳孔，乍看之下彷彿春天綻放的新芽般帶著溫暖，但實際看到比安卡後，她的眼神十分冷漠。

有多冷漠呢？從比安卡七歲開始，個性軟弱的人們總會看她的臉色，強勢的人則激起反抗心，氣憤不已。為了安撫這些對比安卡極度不滿、憤怒至極的人們，文森特不曉得有多辛苦！

她冷若冰霜的眼神，對這座城的主人——阿爾諾伯爵也不例外。

扎卡里結婚時是個男爵，還是來自寒微的子爵家族。他作為無法繼承領地與爵位的子爵家二兒子出生，在只有修道院與騎士這兩條路可選的情況下，毅然決然地選擇後者。之後十六歲在首次征戰中立下顯赫功績，二十歲時受封男爵爵位並受賜阿爾諾領地，揚名千里。

但還是不能與名門貴族布蘭克福特相提並論。布蘭克福特伯爵為何會向自己提出婚事，連扎卡里自己也完全摸不著頭緒。

如果布蘭克福特伯爵將自己不為人知的深意告訴女兒就好了，可惜的是，七歲的比安卡似乎毫不知情。她一直不滿地抱怨，躲避丈夫扎卡里。

扎卡里為了安撫比安卡，做了許多努力。他曾試著和比安卡一起用餐，買比安

CHAPTER ✢ 02.

卡喜歡的東西給她……

只不過扎卡里那木訥的表情和嚴肅的用字遣詞，讓效果不太理想。但至少扎卡里盡力了，沒有理由受到妻子以冰冷的態度對待，遭到忽視。

文森特認為比安卡一直無法接受扎卡里，是因為她心裡瞧不起扎卡里的爵位與血統。毫無缺點的主人被一個只有血統優秀的小女孩輕視，令他憤憤不平。

但他的主人扎卡里卻選擇忽視她的態度，文森特對此也無能為力。

就這樣過了九年。如今比安卡不再是小孩，長成了少女，很快就會成為女人，因為她年幼而無法進行的初夜即將到來。

幾乎所有貴族都會進行政治聯姻，夫妻之間相愛的情況很罕見。這些貴族夫婦通常都是靠著兩個家族一層又一層的契約、在床上產生的情分和血脈相連的繼承人一起生活。

繼承人。如果有繼承人，一切會稍微好轉嗎？

既然是立下戰功獲得爵位、壯大勢力的貴族，扎卡里一年中有將近一半的時間都在戰場上。站在管家兼家臣的立場，沒有繼承人的領主總是馳騁於危險的沙場十分令人不安。

所以文森特從以前開始就一直勸諫扎卡里生個繼承人，但扎卡里總是以比安卡還年幼為由駁回。

那結果是什麼？

丈夫身處絕境，不懂事的伯爵夫人卻開口索要白狐狸皮草。文森特嘆了一口氣。

今年冬天，等扎卡里回來後，要再次和他認真建議有關繼承人的事。只要懷上繼承人，夫人想必也會懂事一點，必須如此。

文森特咂嘴一聲，離開房間。

＊＊＊

冬天一眨眼就來到，落葉紛紛凋零，削瘦的枯枝穿上白雪製成的外衣，扎卡里也領著一群士兵回到阿爾諾堡。

文森特在冬天來臨前取得了白狐皮草。白狐雖然不容易捕捉，但正因為那襲美麗的白毛，有許多人想得到它。這不是快人一步就能得到的東西，必須擁有獵人或商人的人脈才行。能夠迅速找到這麼珍貴的白狐皮草，文森特在各方面都是個能幹的管家。

CHAPTER ✢ 02.

比安卡堅持要求文森特取得一件白狐皮草，不是為了奢侈，也不是為了重溫過去奢靡的生活，而是要堅定覺悟和內心。

她閉上眼睛，感受著指尖碰到的柔軟皮毛觸感。如果想一直披著這種物品，過著安逸的生活，她也必須付出代價。

小時候她只期待別人的給予，但經歷過世間的冷暖風霜後，現在她明白這一切都需要代價。

而她現在必須做的事，也是一種「代價」。

比安卡望向窗外，肩上披著白狐皮草。凱旋歸來的扎卡里和部下們似乎都已經進城了，窗外只能看到馬伕們拉著馬轡牽引戰馬的畫面。

比安卡深吸一口氣，不敢相信自己馬上就要和丈夫見面了。剛才瞥見的他，彷彿刻在眼裡一般鮮明。明明是熟悉的面孔，正值茂年的他卻像從朦朧白霧中猛然冒出來一樣，比起欣喜，更讓她感到一股陌生的異樣。

她最後一次見到扎卡里是什麼時候了？

那已經是超過十五年前的事了，記憶當然已經模糊不清，會感到陌生也是理所當然的。比安卡如此告訴自己。

儘管時隔幾個月才回到阿爾諾堡，扎卡里應該不會來找比安卡，也不會過問。

如果沒有特別的事，夫妻兩人只有在固定的活動範圍中路線重疊時才會偶然遇見。而對扎卡里來說，結束征戰後回城也算不上什麼需要特別報告的事。

為了和扎卡里見面，她不得不行動。

比安卡走出房間，雙腳在裙襬裡瑟瑟發抖，但表面佯裝鎮定地挺直腰桿，抬頭挺胸。

周圍的女僕們看見踩著優雅步伐的比安卡，立刻向她彎腰，並後退一步避開她。比安卡走向扎卡里可能的所在地——大廳。

越靠近大廳，男人們吵鬧的笑聲就越大。

扎卡里這次率領阿爾諾騎士團出征似乎沒遇到什麼危險，男人們的臉上只洋溢著勝利的喜悅。

騎士們高聲嚷嚷，誇耀自己的戰功，僕人們以羨慕的眼光看著他們，女僕們則是雙頰通紅，眼睛時不時偷偷瞄向他們。雖然紀念勝利的宴會尚未開始，興奮高漲的氣氛卻彷彿正值宴會。

直到比安卡出現。

「然後我就抓著那傢伙的脖子！掐著他搖晃……」

「索沃爾。」

CHAPTER ✣ 02.

阿爾諾軍的副隊長——索沃爾興奮地說得口沫橫飛，描述自己的勇猛時，他的同僚，另一位副隊長——羅貝爾輕輕頂了下他的側腹，對他使眼色。

情緒正亢奮的索沃爾皺著眉轉頭看向羅貝爾，這才終於察覺到大廳裡的氣氛不太對勁。

「嗯？喔……」

「……」

大廳裡的氣氛不知何時冷卻下來。羅貝爾輕輕用下巴指向二樓的樓梯平臺，索沃爾瞪大眼睛，看向羅貝爾示意的方向。

站在那裡的是阿爾諾堡的女主人——比安卡。雖然年僅十六歲，她嬌小的身軀卻有著不容冒然違逆的威嚴與氣質。

但沉重的靜默吞噬大廳的原因不僅如此。所有人一看到比安卡就屏住呼吸，不發一語的理由正是……

「夫人為何來此喧鬧之處……」

羅貝爾躬身詢問比安卡。他的姿態無可挑剔，但深綠色的眼眸卻透露出不安，彷彿看著不知何時會爆發的火山。

不只是羅貝爾，大廳裡每個人的眼裡都充滿著敵意與防備。由他們看來，比安卡不僅年幼又難搞，還是個找不到任何討喜之處的女主人。

比安卡也非常清楚這件事，以前也曾因為他們的態度傷心過。但她擔心那些人知道這件事後會瞧不起自己，所以擺出更高傲的態度，裝作若無其事。如今的比安卡比起傷心，有更多需要費心的事。

比安卡的目光掃過大廳，確認扎卡里不在後繼續尋找文森特，但文森特也不在這裡。比安卡嘆了一口氣，問羅貝爾。

「伯爵大人呢？」

「……大人先回房了。」

「是嗎？為什麼？」

「大人說要去洗澡。」

「知道了。」

比安卡滿不在乎似的點點頭，轉過身。原本以為會在大廳見到扎卡里，緊繃不已的身體瞬間放鬆，心臟怦通跳著。

比安卡離開大廳後，所有人不約而同地長吁一口氣。剛才最高聲喧嘩的索沃爾更是像停止呼吸好幾分鐘一樣，不斷喘氣。羅貝爾則盯著比安卡離去的走廊盡頭，低聲說：

「這是吹起了什麼風？」

「什麼？」

「還能是什麼，夫人竟然會來這裡，太神奇了。」

「也是，畢竟她總是窩在房間裡，不管伯爵大人做什麼都不在意。」

「……」

個性沉默寡言的加斯帕德也點點頭，同意羅貝爾及索沃爾的話。

索沃爾、羅貝爾以及寡言的加斯帕德，這三位是阿爾諾騎士團的副隊長，就像扎卡里的手足，因此不怎麼喜歡忽視扎卡里的比安卡。一想到扎卡里為她費盡心思，但她不僅沒有說過一句感謝，還嫌棄扎卡里做得不夠好就火冒三丈。

但那又如何呢？他們的女主人就是比安卡，不是別人。罵她也只是自討苦吃而已。索沃爾搖搖頭嘆了口氣，不打算將她突如其來的舉動放在心上。

「雖然不知道夫人為什麼會突然來這裡，但應該只是一時興起，不關我們的事。」

「萬一她又去找伯爵大人說一些冒犯無禮的話……」

「那也沒辦法，我們阻止不了她啊。」

「也是。啊，伯爵大人也總是那樣，不管夫人說什麼都默默聽著……他至少生氣一次也好。」

「算了吧，算了。他連吹起一點風，都會怕比自己小十三歲的新娘被吹走了，連對她大聲說話都沒辦法，還說什麼生氣啊。」

「我的意思就是到底要拍那位小新娘的馬屁到什麼時候啦！」

羅貝爾不禁大喊道。但內容過於危險，他趕緊四下張望。

幸好索沃爾事先用眼神示意下人們離開了，因此沒有下人聽見他這不敬的怨言。好不容易冷靜下來的羅貝爾降低音量，但心中的怒火還沒完全熄滅，語氣依然十分激動。

「布蘭克福特家來提婚事時，我還笑說以後豈不是要帶著小十三歲的夫人玩扮家家酒，當初應該乾脆勸他找其他結婚對象的。」

「這是不可能的，沒有其他家族比得上布蘭克福特家。伯爵大人是因為有布蘭克福特家的援助，才能更輕鬆地獲得爵位，這不是羅貝爾你說的嗎？」

「……」

被索沃爾用自己說過的話反駁後，羅貝爾緊緊閉上嘴。索沃爾在三人中最為輕浮，也最不了解政治角力，聽到索沃爾點出事實，羅貝爾的臉一下變得通紅。

雖然對羅貝爾說了那種話，但索沃爾也明白他為何如此敏感。

羅貝爾原是男爵家的三兒子，也是三位副隊長中唯一的貴族，所以他相當注重貴族之間的繁文縟節，舉止莊重且對淑女們相當有禮。

如果是原本的他，可能作夢都沒想過自己會對貴族夫人，還是他們主君的妻子比安卡說出這種話。

但他是扎卡里一等一的忠臣。索沃爾與加斯帕德都對扎卡里十分忠誠，甚至能賭上性命，但羅貝爾已經超越忠誠，到了接近為扎卡里獻身的程度。

羅貝爾也是最直白地對扎卡里表示關心的人。扎卡里還是男爵時，聽說伯爵家主動提出婚約，說著「這代表我們男爵得到認可了」，最高興的人也是他。

正因如此，看到比安卡與扎卡里不愉快的婚姻生活，羅貝爾當然更加不滿。

索沃爾看著被自己反駁到緊閉上嘴的羅貝爾，為難地抓了抓後腦勺。為了轉移話題，他回想起剛才比安卡的樣子，浮誇地說：

「話說回來，剛才那件白狐皮草是第一次見到，又是在這段時間搶購的吧？真是厲害啊，厲害。」

「……伯爵大人許可的事，我們不該說三道四。況且我們領地也沒有窘迫到為了買一件皮草就渾身發抖。」

羅貝爾這才恢復冷靜，一臉正經斬釘截鐵地回應。索沃爾在心中鬆了一口氣，為了延續這個氣氛，不停嘟囔。

「這不是錢的問題，而是誠意和心意的問題。真不曉得我們夫人知不知道當她收下那件白狐皮草，興高采烈的時候，我們伯爵大人正在戰場上拚死廝殺。」

「這確實是一樁需要大量維護費的交易呢。」

羅貝爾對索沃爾的話也有同感，沒有叫他閉嘴，而是和他一起點點頭。只有沉默寡言的加斯帕德皺起眉頭，似乎很難理解這兩人的態度，但不善言辭的他阻止不了兩人，只能保持沉默。

＊＊＊

比安卡走向扎卡里的房間，畢竟不是常來的地方，她為了確認這條路是否正確，走走停停反覆了好幾次。

扎卡里的房門稍微開著，從縫隙傳出到處走動的嘈雜腳步聲，似乎是為了服侍久違返家的領主大人而忙碌。

就算門開著，冒然進去也不符合禮節。比安卡優雅地「叩叩」敲響房門。

「是誰……夫人？」

文森特拉開房門確認來訪者，因為意料之外的人物到來而皺起眉頭。

比安卡對他的態度見怪不怪，毫不在意文森特臉上明顯的不悅，連眉毛都不動一下，平靜地說出自己的目的。

「伯爵大人呢？」

「……正準備沐浴。」

文森特的語氣直白無禮。扎卡里每次結束戰事，一回到城堡就會梳洗沐浴，毫無例外，已經是一種習慣了。身為妻子的人竟然連這種事都不知道，果真完全不關心伯爵大人。文森特相當無言。

「我有話跟伯爵大人說。」

比安卡有點慶幸自己的聲音沒有顫抖。

比安卡突然想見扎卡里，這簡直是破天荒。文森特用懷疑的目光打量著她，而比安卡對這道露骨的視線視若無睹，自然地抬起頭。其實她的心臟怦怦直跳，不曉得事情會如何發展。

即使文森特有些不悅，也無法攔阻女主人比安卡，只能讓比安卡進入房間，並對她說：

「請您稍等，我去向伯爵大人報告一聲。」

「去吧。」

文森特為了去向扎卡里報告而離開，留下比安卡一個人在房裡。她把因為焦躁而顫抖的手藏進裙襬，卻止不住雙腳來回踱步。

扎卡里的房間比她的寬大許多，卻空蕩蕩的。牆上沒有畫上裝飾用的花紋，窗簾很樸素，地毯的圖樣也老舊又極其單調。他的房間裡稱得上裝飾的東西，只有刻著家族勳章的掛毯，以及掛在牆上的幾件武器。

為了迎接主人歸來，似乎早早就特意點燃了壁爐，正熊熊燃燒著。比安卡的視線被吞噬木柴，發出「劈啪」聲的搖曳火光吸引。或許是因為從早上就一直緊張到現在，她的注意力一下子就被分散了。

彷彿在嘲笑這樣的她，一道低沉的男性嗓音喚回她的思緒。

「好久不見。」

比安卡驚訝地抬起頭，門邊站著一位高大如山的男子。

是她的丈夫，扎卡里·德·阿爾諾伯爵。

濃眉與其下方的銳利眼眸總是清澈鮮明，高挺的鼻梁展現高傲的自尊心，緊閉的雙唇也透露出他沉穩寡言的性格。他的表情不像在看著妻子，而是敵軍的首領。

他現在是二十九歲吧？比她死去時的三十八歲還年輕。扎卡里是風華正盛的青年，卻一點也沒有青澀感。那也是理所當然的，畢竟扎卡里的閱歷與威儀比他的年紀還要豐富深厚。

在靠自己白手起家的貴族中，扎卡里也是最優秀的。

身為無法繼承領地與爵位的維格家次子，在必須從修道院和騎士之中做出選擇的情況下，他毫不猶豫地選擇後者，並在十六歲的年紀拿著劍上戰場。

十六歲是被認定為成年的年紀。男子會被逐出家門，女子則被賣去另一個家族。出生在大家族裡的孩子們，大部分都未滿十六歲就各自分散了。能待在家族裡的，只有家族繼承人，或者不需要進行婚姻生意的豪門千金。

現在比安卡也正值這個年紀。在扎卡里帶劍上戰場的年紀，比安卡自己則是……

比安卡趕走浮現在腦中的思緒，胡思亂想只會讓思緒變得更混亂。她偷瞄一眼扎卡里，他已經脫去沉重又礙事的鎖子甲，打扮得輕鬆許多。

輕便的外衣與褲子，搭配長皮靴。蓋在額頭上的銀灰色髮絲帶著水氣，看來自己打擾到他梳洗了。

「我妨礙到您沐浴了嗎？」

「還沒有。」

扎卡里的回答很簡短。他總是話不多，彷彿不想多說廢話，連該說的話也不常說。幾乎不可能在他的對話時，獲取其他附加情報或是有感情上的交流。

嘰咿——

為了不影響伯爵夫妻的對話，扎卡里身後的門應聲關上。此時房內真的只剩他們兩人了。比安卡吞下一口口水，纖細的頸項微微顫動。

扎卡里的身體離開門邊，一步步走進房內。但他沒有直接走到比安卡面前，而是在一定的距離停下腳步。

那是一段足以觀察對方的反應，同時精準判斷時機咬住對方脖子的距離。扎卡里就像在獵物身邊繞圈接近的猛獸，而他的獵物當然是比安卡。

扎卡里直盯著比安卡，彷彿要將她看穿。比安卡很想從扎卡里注視著自己的黑色眼瞳別開視線，但她不能這麼做。如果她露出恐懼的模樣，接下來要說的話會失去可信度。比安卡隱約映在窗上的臉龐依舊僵硬，她調整自己的表情，虛張聲勢。

先開口的是扎卡里。

「有什麼事？」

「還能有什麼事？丈夫從戰場上回來，身為家族的女主人，來探視是理所當然的啊。」

妻子來探望從戰場歸來的丈夫，居然被問有什麼事。比安卡努力擠出笑容溫柔地回應。

實際上她也很清楚，以他們夫妻之間的關係，這種事連「理所當然」都算不上。比安卡能感覺到扎卡里對她的來訪有多驚訝，也因此感到尷尬又窘迫，耳朵都變紅了。

「看來是有急事。」

這句話就像在說「如果沒有急事，妳不會來找我」，讓比安卡咬緊嘴唇。越與扎卡里對話，她越明白他是怎麼看待自己的。

他們夫妻之間的隔閡比想像中更根深蒂固，無法輕易消除。仔細想想，萬一比安卡突然像費爾南一樣對扎卡里死纏爛打，他反而會對她築起心牆，畢竟這樣太可疑了。比安卡握緊拳頭，耐心地回答。

「……我只是來問候你一下。」

「所以我才這麼說啊。」

扎卡里的黑色雙眸目不轉睛地盯著比安卡，像要徹底了解她的內心般執拗。

「妳會來親自問候我，不就代表著有急事嗎？」

扎卡里的聲音平靜，但話裡的諷刺像接連射出的釘子一般尖銳。他所說的字字句句都在攻擊比安卡，好像在反問她「妳不是至今都對我漠不關心嗎？」。

比安卡很清楚扎卡里不歡迎自己突然來訪，這些都在意料之中。但實際面對這種狀況，心臟還是會劇烈跳動，舌頭也十分僵硬，彷彿在嘴裡的是一塊石頭。她喘著氣試著保持冷靜，思考該怎麼做才能緩和氣氛。

但扎卡里沒有給她時間，叮嚀似的補上一句。

「看來妳又有想要的東西吧？有的話跟管家文森特說就好了。」

「不是的，我只是……」

比安卡張開嘴，卻難以說出口。她還沒想到該說什麼，才不會讓扎卡里曲解她的話並聽進耳裡。比安卡緊抓著裙襬，細長纖白的指節格外明顯。

不管他相不相信，比安卡只能繼續堅持下去。就算扎卡里和她都很清楚她說的話不是真的。

她一臉蒼白地勾起假笑。看在別人眼裡可能是很古怪的表情，但對現在的她而言已經盡力了。

「……您都從戰場凱旋歸來了，作為妻子，來看您是理所當然的。」

扎卡里的眉心微微皺起。是對比安卡的話感到反感嗎？

到現在為止都避而不見，現在卻說著「作為妻子的責任」等等，可能會讓人感到不快，也可能會認為是在諷刺他。

比安卡生硬的笑容讓人感受到虛假，想必也造成了這種感覺。比安卡擔心扎卡里誤會自己的話，趕緊補充：

「到目前為止，我也有疏忽的地方。」

扎卡里不發一語，似乎不太相信比安卡的話。

他依然在距離比安卡稍遠的地方觀察她。因為這段遙遠的距離，讓這段對話像在鬼打牆。

如果兩人靠近一點，說不定會比較好。比安卡向扎卡里邁出一步，明明只是一小步，她的腳卻像千斤重。

但她的這番努力都化為烏有。因為比安卡一靠近，扎卡里就猛地一顫，後退一步遠離她。扎卡里似乎完全沒想到她會主動靠近，皺起眉頭。

難道他討厭我到只是靠近就會反感嗎？

比安卡茫然地看著比剛才更遠的距離。扎卡里或許也意識到了自己的動作太過明顯，尷尬地乾咳一聲後冷靜地補道：

「我還沒洗澡。」

「什麼？」

聽到扎卡里莫名其妙的回答，比安卡歪著頭。扎卡里對她不解的表情感到意外，而不曉得他為何意外的比安卡也更加疑惑。

「……現在已經沒事了吧？」

「這是什麼意思……」

「沒什麼。」

扎卡里喃喃自語，接著再次安靜下來。他模糊不清的回答讓比安卡皺起眉，一點也無法理解他說話的前後脈絡。

在這過程中，扎卡里小心翼翼地往比安卡走近一步。這次換比安卡顫了一下，本能正呼喚著要她逃跑。

但她的理智也發出警告，要是在這時候退縮，一切會化作泡影。

那可不行。因為害怕而一直逃跑的後果，她不是比任何人都清楚嗎？

比安卡沒有往後退，堅定地站在原地。後頸發涼，手心冒出冷汗。

一步步靠近的扎卡里不知不覺間來到她面前。近在眼前的扎卡里比她想得高大許多，視線前方是他寬闊結實的胸膛，無論她再怎麼用力推，應該也紋絲不動。

比安卡倒抽了一口氣。

以前的她很討厭這樣的扎卡里。像故事中躲在櫃子裡的漆黑怪物一樣，巨大又可怕。

但是不能永遠害怕下去，她必須面對他。比安卡若無其事地挺直脖子，視線掃過扎卡里粗而修長的頸部、結實的下顎，對上深邃眼窩中閃亮銳利的雙眼。那雙俯視自己的黑色瞳孔明顯在動搖。

咕嚕——他咽下口水，喉結大幅滾動。

扎卡里的步伐像訓練有素的軍人，俐落不拖泥帶水，然而這些微小的細節中依然透露出無法掩飾的欲望和野性，彷彿正覬覦著美味的生食。對如同草食動物的比安卡來說，那是一種只能渾身顫抖的本能威脅。

扎卡里用沙啞的嗓音低喃。

「……妳第一次這麼溫和。」

扎卡里深邃的目光掠過比安卡的淡綠色眼睛、鼻子、臉頰、頸項和圓潤的肩線。他仔細打量的赤裸目光讓比安卡白皙的皮膚像著火般發燙。

他用舌頭舔過乾燥的雙唇，似乎感到口乾舌燥。扎卡里每個細小的舉動，都讓比安卡緊張得全身僵硬。

「我好像在作夢。」

「這不是夢。」

比安卡勉強揚起嘴角。今天不知道強顏歡笑了多少次，臉頰都快抽筋了。以後也必須一直裝出親切的笑臉，還不如就讓臉固定成這副模樣。比安卡如此希望。

不過，這個距離太近了。他的身體不知何時來到跟前，感覺下一秒就會碰到彼此的身體。比安卡的齊瀏海受到扎卡里的呼吸吹動，變得有點散亂。

她以為只要縮短和他之間的距離，心的距離也會變得更近一些，但好像並非如此。比安卡的心怦通跳動。

她渾身發抖，想趕快逃離他身邊。比安卡討厭如此軟弱的自己，但她知道這並不是說想改變就能輕易改變的事，所以別無他法。

比安卡沒辦法再忍受，再也撐不下去的她用指尖輕推了一下扎卡里的胸膛，小心留意自己的神情，避免讓對方感受到自己的抗拒。

憑她微弱的力量，似乎無論怎麼樣都推不動扎卡里，但他的身體卻在她的指尖下乖乖地退開。

比安卡用盡最後的力氣燦爛一笑。不管扎卡里是否真心相信她的話，現在的她只能像鸚鵡一樣重複說著同樣的內容。

「我的年紀也到了。」

扎卡里有點不解。他皺起眉頭，似乎在思考她這麼說的意圖，但無論怎麼想都找不出答案。

比安卡看著他眉間的皺紋，繼續苦笑。

「總不能一輩子躲著伯爵大人……我也得完成我的義務。」

「義務？」

扎卡里反問。那倒不如嘲笑她。

他仍一臉冷淡地凝視著比安卡，彷彿一無所知，反倒是比安卡的臉更紅了。她迫切地希望自己看不出來正在顫抖，努力裝作泰然自若，理所當然地抬起頭。

「就是生下伯爵大人的繼承人。」

「……妳知道為了生下繼承人，要做什麼事嗎？」

「當然知道！」

比安卡本想裝成熟、冷靜以待，但聽到扎卡里把她當成小孩的口吻，不自覺地大喊出聲。

扎卡里抹了把臉，第一次從比安卡身上移開視線。他的嘴唇微微顫動，卻沒有輕易回應。

持續下去的沉默讓比安卡看向他的雙唇，鮮紅色的舌頭在他的唇間舔舐過好幾次。她記得那片舌面的觸感——笨拙、粗糙，是讓比安卡徹底失去抵抗，強烈又憨直的感覺。比安卡的臉變得更通紅。

過了一陣子，比安卡的耳邊響起扎卡里的聲音。

「老實說，我很疑惑。」

帶著嘆息的聲音中滿是為難。他輕聲細語地說著，像在哄小孩。

「我不知道是什麼讓妳改變了心意，但現在先回去休息好嗎？」

聽起來如此溫柔的語氣竟然是從扎卡里的口中聽到的，令人難以置信。比安卡的臉色和剛才不同，變得一陣青一陣紅。

她都主動到這種地步，居然要她回去休息，難道他沒有別的話可以說了嗎？都不曉得她是下了多大的決心才站在這裡……

扎卡里帶來的屈辱讓比安卡全身顫抖。她淡綠色的眼睛燃起怒火，微微揚起一邊嘴角。一直努力維持的和善偽裝瞬間破裂，碎片一點一點剝落，受傷的自尊心被激起。

你以為我是真的愛你才這樣的嗎？反正你兩年後就會來找我，反正你得靠我生下繼承人！

比安卡竭力壓抑住變得粗重的呼吸，肩膀不停發抖。她小小的嘴唇顫抖著向上揚起，她重新戴上面具偽裝，但舌尖上依然殘留著未熄的火苗。比安卡的雙眼變得尤其鮮明，就像墨綠色森林一樣晦暗深沉。

「我們的婚姻價值多少？」

「小牛四百頭、豬隻九百頭、銀盤一百個、綢緞三百匹、珠寶兩箱以及一部分領地……大約等於阿爾諾家兩年的預算。」

面對比安卡毫無來由的提問，扎卡里羅列出兩人結婚時的嫁妝，聲音相當平靜自然。他既不用重新回想當時的狀況，也沒有伸出手指計算，像背誦過一樣，流暢地說出比安卡的嫁妝跟財產清單，彷彿一直記在心裡。

比安卡不知道他為什麼記得這種事。金額是非常龐大，但也不是會一直確認的內容，甚至總是記在心裡。

妻子的財產本來就等同於丈夫的財產。只有在兩種狀況——丈夫死亡，獨留妻子一人，或是為了再娶而把妻子逐出去時，才必須清算妻子的財物。

既然經常聽到他有情婦的消息，說不定他正打著算盤，要把比安卡趕出去。

但現在這點無所謂，反正扎卡里沒有打算跟她離婚，如果他有這樣的想法，上一世早就把她休了。女子既不能主動提出離婚，也沒立場拒絕離婚。

那麼答案就只有一個。比安卡笑得像披在自己肩上的白狐。

「你不應該報答這些東西嗎？」

「……」

扎卡里一時語塞，說不出話來。終於成功反擊的比安卡心情愉悅。如果現在只有她一個人，她甚至會哼歌。彎彎的眼眸充滿愉悅。

一開始緊張到全身發抖的模樣宛如假象，比安卡不知不覺間因為和扎卡里的對話感到愉悅。現在她掌控了情勢，即使是在她害怕的扎卡里面前也能流利應對。看他窘迫又無計可施的模樣，比安卡的舌頭蠢蠢欲動。

沉默的扎卡里大嘆了口氣，像是失敗的詩人，吐出又長又深的嘆息。比安卡感受到勝利的陶醉感，即使他們夫妻的關係依然停滯不前，但她有一種手握主導權的錯覺。

「坦白說，我不知道妳為什麼突然變這樣。」

是啊，扎卡里應該也很不知所措，因為假如比安卡沒有重生，絕對不會發生這種事。原本連人影都見不到的妻子突然出現，不斷說起繼承人的事，當然會覺得莫名其妙，況且他可能連情婦的問題都無法處理。比安卡裝腔作勢，一副很有風度的樣子。

CHAPTER ✣ 02.

「就算您有情婦也沒關係，我可以接受。我不會叫您跟她分手，也可以把她納入我的底下。」

「……情婦？」

「您不用假裝不知情，我也知道這點小事。」

正值二十歲的青年與七歲孩子結婚，十幾年來獨守空房，這段期間不可能沒有偷藏任何情婦。不僅是阿爾諾堡裡的下人們，認識他們夫妻的人都這麼說過，甚至連比安卡的父親布蘭克福特伯爵也曾在私底下告誡她要有心理準備。

比安卡也覺得扎卡里有情婦很正常。扎卡里沒有不舉，還是比誰都精力旺盛的男人，回想起在床上執著地糾纏自己的他，沒辦法相信他沒有情婦。

連情婦都可以容忍，身為正室的自己多麼寬宏大量啊！

扎卡里把自己當成孩子看待，只是因為他不知道過去的比安卡和未來的她將判若兩人。比安卡若無其事地抬頭看向扎卡里。

「哈！」

但扎卡里生氣了。他沒有大聲怒吼，也沒有揮舞拳頭，不過他的表情明顯表露出憤怒。他大嘆了一口氣，彷彿不想再聽下去。犀利的目光彷彿下一秒就會破口大罵，扭曲的雙唇間發出咬牙切齒的聲音，令人害怕。

簡直就像比安卡擊中了他的弱點。

難道他因為被自己發現藏匿情婦，自尊心受創了嗎？他打算隱瞞她到什麼時候？

仔細想想，在扎卡里死後也沒有聽到有關他情婦的事，看來藏得相當徹底，盡可能不想公開。所以妻子當面提起這件事，可能讓他感到顏面盡失。

但冷靜想想，扎卡里應該也會發現比安卡的提議是有助益的，既能生下繼承人，又能光明正大地帶著隱藏至今的情婦到處走。

比安卡認為再說服一下，扎卡里就會答應了。站在她的立場，不管扎卡里有沒有情婦，只要懷上繼承人就無所謂。

正當比安卡想再開口說話時，扎卡里搖搖頭，果斷地拒絕這件事。

「我不知道是誰對妳亂說話，但繼承人的事以後再談，現在說這些沒有用。」

「怎麼會沒有用……！」

「文森特！恭送夫人回房！」

扎卡里不聽比安卡說話並大喊。

聽到扎卡里的聲音，房門應聲打開，文森特走進房內，迅速得像一直在門外待命。

CHAPTER ✢ 02.

房間內只不過是多了一個人，維持到現在的平衡卻完全傾向扎卡里，情勢遭到逆轉。

比安卡的臉色難看起來。當然，臉色難看的不只她，剛才觀察著房內狀況的文森特也皺起眉頭。

冷靜的伯爵大人居然揚聲要人強行把夫人帶走。這位令人無言的夫人究竟犯了什麼錯？肯定是講了無理的話，傷透了伯爵大人的心。

文森特咂嘴一聲，走向比安卡。但既然伯爵大人吩咐要恭送夫人離開，就不能把她硬拖出去。他向比安卡彎下腰，有禮地請求：

「夫人，請跟我來。」

但比安卡毫不在意在自己面前低下頭的文森特，瞪著扎卡里。

這擺明是他不想跟自己說話而使出的招數。比安卡壓抑著怒氣，盡量不讓自己激動，為了強調自己十分冷靜而語氣沉穩地說：

「這並非沒有用的事，為阿爾諾家著想不是最重要的嗎？」

為阿爾諾家著想！

文森特聽見比安卡的話，頓時瞪大雙眼。他作夢都沒想過比安卡會說出這種話。啊，十幾年前，在比安卡小時候剛來阿爾諾家時可能有想過，但她接下來的行為讓他死心了。

沒錯，那是為了阿爾諾家的什麼事著想呢？節省開銷嗎？文森特冷哼了一聲。他對比安卡的期待就是跌至了谷底。

扎卡里沒有回應比安卡，而是再次喊了一聲遲疑的文森特。他緩慢而果斷的低沉嗓音迴盪在安靜的空間裡。

「文森特。」

「夫人，這邊請。」

身為扎卡里的忠實心腹，話音剛落，文森特就立刻催促比安卡，只差沒有強行拉走她。要是比安卡再繼續頂撞扎卡里，她可能會被拖出去，大家都會看見她丟臉的模樣，光是想想就覺得可怕。

她手中的裙襬皺成一團。

扎卡里對她生下繼承人的提議，連假裝回應都沒有。她鼓起勇氣來到他面前，卻如此不被當一回事，比安卡感到渾身無力，雙頰發燙，自尊心受創。

但更讓她生氣的這件事不會就此結束。比安卡必須設法盡快懷上他的孩子，即使就此退讓，事情也還沒結束。她要再次接近他，重複做同樣的事，然後再被趕出去。

真的得做到這個地步嗎？

比安卡咬緊下唇。她還以為她那如天一般高傲的自尊心早在遭到費爾南拋棄，被驅逐到修道院時，像沙子一般碎成一地了。看來這份自尊心也跟著重生了，否則她的心不會如此憤恨不平，整個心臟彷彿變成了一顆火球。

比安卡連儀容都忘了整理，直到披在肩上的白狐皮草滑落，沉甸甸的重量掛在手臂上，她才發現自己有些狼狽。比安卡嘆了口氣，正想將皮草拉起，卻被扎卡里搶先一步。

扎卡里的手不知何時伸向比安卡，用指尖小心地拉起掛在她手臂上的白狐皮草。那白狐皮草輕如蟬翼。

蓬鬆柔軟的皮草再次披上比安卡的肩上。扎卡里替她披上狐狸皮草時，手心的溫度絲毫沒有傳遞到比安卡身上，即便扎卡里很快就將手收回，那沉重的存在感也停留在比安卡的肩上。

比安卡不明白扎卡里如此對待自己的原因，突如其來的親密舉動代表著什麼意思？她的腦袋一片混亂。

彷彿在嘲笑比安卡絞盡腦汁，揣測他每一個動作的含意，扎卡里用一副什麼也沒發生過的口吻說：

「看來妳買了新皮草。」

「……」

「很適合妳。」

他的表情就像第一次見到比安卡一樣平靜沉穩，看不透他的想法，彷彿剛才發生過的那些對話對他而言不算什麼。

「謝謝妳今天來看我。」

扎卡里以此代替逐客令。曾經湧起的情感碎片似乎都被海浪捲走，扎卡里用漆黑的雙眼漠然地看向比安卡。

此刻，比安卡才意識到自己被扎卡里耍了。她本來想透過情婦的話題掌控這段關係的主導權，直到扎卡里回應前的那一刻，她都認為自己成功了。

但事實上主導權從真的掌握在比安卡手中。這肯定全是扎卡里算計好的，他故意誘導她，讓她產生錯覺，想藉此了解得意忘形的她在計劃什麼。

他驚慌意外的樣子也是演的嗎？比安卡悵然若失地垮下臉。

比安卡沒有回應扎卡里，搖搖晃晃地離開房間。文森特跟在她身後走出來，而扎卡里的房門關上。

嘰——砰！

隨著沉重聲響緊閉的房門，如同兩人之間堅不可摧的隔閡。

* * *

CHAPTER ✢ 02.

比安卡回到自己房裡，像被抽乾力氣似的癱軟無力。今天沒有做任何會疲憊的工作，但精神與感情不斷在兩極中來回，已經筋疲力盡了。

她忍耐著想直接倒在床上的衝動走向窗邊。

窗外一片黑暗，什麼也看不清楚，只有遠方有幾盞燈火搖曳，可能是農奴們的家。比安卡望著外面發呆。

即使是白天，她對窗外遼闊的景色也算不上熟悉。不是因為她被逐出城外，在外地生活了十五年，而是因為她之前住在城裡的十五年裡，不曾在意過窗外的風景。

過去的她對窗外的世界不感興趣，總是關在房裡，一心想著要怎麼將房間布置得跟布蘭克福特家一樣。

現在比安卡明白了，這個世界不只侷限在自己的房間裡。她親身體會到在那遙遠的地平線盡頭，有些人正瞪大眼睛覬覦自己站上的位置，過去以為與自己毫不相關的事都可能交織糾纏在一起，勒住她的脖頸。

世界一直延伸至那片黑暗的盡頭。比安卡安慰自己，相比之下，今天的事情根本不算什麼。

扎卡里會拒絕比安卡的接近也無可厚非。他們夫妻的關係從第一次見面就糟透了，畢竟這段婚姻本來就是第一顆鈕扣就扣錯了的衣服。

以前的比安卡不太喜歡扎卡里，也有很多理由無法接受這位丈夫。例如當時是男爵的他，身分地位和比安卡家相差一大截，還有他總是四處征戰，沒辦法好好見上一面，或者十三歲的年齡差距。

其實在貴族的婚姻中，這點年齡差距不少見。有十六歲的少女嫁給快要六十歲的老人，也有十八歲的青澀少年娶四十五歲的寡婦。相比之下，他們才差十三歲而已。

但他們的問題在於扎卡里第一次見到比安卡時，她年僅七歲。沒錯，這是他們最嚴重的問題。

相遇時太過年幼，白費的歲月太過漫長。

雖然沒有努力去了解對方，但十年的歲月也讓他們對彼此有粗淺的了解。根深蒂固且高高堆疊的偏見開始搖搖欲墜。

就這樣持續扣上鈕扣，直到扣到領口才發現扣錯了。不，在一一扣上時能察覺到錯誤了才對，只是沒有試著解開重來，反而一味推託、拖延，即使最後的結果顯而易見，也緊緊閉上眼，不願面對。

寒意從窗縫滲進來，比安卡摩擦著發抖的手臂，攏了攏披在肩上的溫暖皮草。她本來就特別怕冷，但自從上一世重病凍死在修道院後重生，身體對一絲寒冷都十分敏感。

比安卡將脖子埋進皮草中，看向窗外。玻璃窗上朦朧地映出她的身影。白皙的美麗臉龐毫無瑕疵，穿戴的服飾都價格不斐。儘管如此，倒映在鏡中的少女卻有些徬徨不安。

『話說回來，他剛才說這件皮草很適合我吧？為什麼突然說那種話？是在諷刺我嗎？說我在他去打仗的時候這麼奢侈嗎？』

「哼。」

比安卡柔嫩的唇間迸出一聲自嘲的輕笑。以阿爾諾與布蘭克福特家協議所帶來的代價來說，在她身上投入的經費應該超出了許多。白狐皮草、用遙遠異國進口的染料製成的布料、珠寶與金飾、沐浴用水一定要添加的香氛精油，連勉強當作興趣彈奏的樂器都很昂貴。

說個不具說服力的藉口，這些在比安卡的人生中是再平常不過的東西。她在布蘭克福特家總是享有最高級待遇，看不上阿爾諾家的東西。直到悲慘地遭到驅逐，比安卡才知道自己曾擁有多麼奢華的生活。

回想起扎卡里一見面就立刻對她說「有什麼想要的可以吩咐文森特」，由此可知扎卡里心裡是怎麼看待她的。

就是一個揮霍無度，久違地見面後別說高興了，反而一言不發，扭頭離去的妻子，她主動開口時，總是提起關於奢侈品的事。

從扎卡里的角度來看，比安卡大概是令人厭惡的枷鎖，或許他是想指責她才會那樣說，表示他不相信比安卡說的「作為妻子的義務」云云。

但為什麼？他稱讚狐狸皮草很適合比安卡的嗓音無比溫柔，這是第一次聽見他溫柔的語氣。

是我的錯覺，還是扎卡里搞錯對象了？

比安卡曾以為扎卡里是石頭做的。他總是如此冷淡又從容，不管比安卡做什麼都沒有任何反應。但是，無論他是木訥的男人，說不定只會對情婦甜言蜜語。

比安卡聽到的那句話只是一小部分。那股溫暖就像他依舊因為比安卡的意外舉動而感到驚訝，一時無法平復的痕跡。比安卡心裡莫名感到酸楚。

不，我能讓他如此驚慌才是重點。

比安卡搖搖頭，她的心不自覺地漂向未知的方向。對比安卡而言，最重要的不是扎卡里會用怎樣的語氣對情婦低語，反正情婦終究是情婦，就算她生下了孩子也只是私生子。

一直以來，無論比安卡做什麼，他都只擺出令人難以捉摸的態度，這是扎卡里第一次顯露出感情。就算非常微弱，也無法確定他真正的想法，但那有著意義，讓向來深藏不露的內心若隱若現地浮到水面上。

比安卡下定決心不會再過跟上一世一樣的人生。為此她一定要抓緊扎卡里，他是比安卡的救命稻草。

這次一定要在他戰死前生下他的孩子。這樣一來，那些人就沒辦法輕易趕走自己。

雖然這種想法對十六歲的少女來說過於算計且自私，但對三十八歲死在修道院的悲慘女子而言，會懷有這樣怨恨再正常不過了。

＊　＊　＊

扎卡里回到浴室，原本燒熱的水因為比安卡的造訪而冷卻變溫了。服侍扎卡里的侍從問道：

「要重新加熱嗎？」

「不用，沒關係。」

扎卡里簡短地回答，隨意將身上的衣物脫下後扔到一旁。經過鍛鍊的身體結實緊緻，沒有一點贅肉，上頭布滿在戰場上打滾所留下的細碎傷痕，也有好幾處大片傷疤。

大部分都是他還年輕氣盛時留下的，但也有許多是與比安卡結婚後受的傷。當然，比安卡對他是何時、怎麼受傷的一無所知。

扎卡里大步跨進浴缸。雖然熱度已經消散，只剩下一點溫度，但這就讓扎卡里感到滿足了。只是無須擔心後方何時會射來暗箭，就令人安心了。

扎卡里長長吐出一道壓抑多時的嘆息，體內聚積的疲勞與毒素慢慢釋放到水中。

每次從戰場回來便立刻沐浴是結婚後養成的習慣。畢竟剛打完戰爭回到家，他的身上都是腥臭的血味與泥濘，以及消散不去的汗味。

這是當然的。在戰場上只能用水清洗喉嚨而已，與其泡進熱水裡，抓緊時間補充睡眠更重要，或是多殺掉一個敵人。

貴族千金當然不可能理解戰爭中的情況。第一次見到出征返家的扎卡里時，比安卡的反應是什麼呢？那張巴掌大的漂亮臉蛋露出馬上就會吐出來的表情連連後退。

從那之後，每當扎卡里從戰場回來都會立刻沐浴，而不是去找比安卡。一個會讓妻子反胃嘔吐的丈夫，真是可笑。

但扎卡里也很清楚，就算將身體洗乾淨，比安卡也不會歡迎自己。她討厭扎卡里，既輕蔑又嫌惡。光看她的表情就能輕易看出這樣的想法，而且她也親口說過這些話。

所以扎卡里更無法理解今天發生的事。他放鬆地靠上浴缸，回想剛才發生的事。突如其來的造訪，以及從來沒想過會從她口中聽到的意外提議。

在他這次出去征戰的期間，比安卡身上究竟發生了什麼事？今天的她確實很陌生。

儘管如此，她還是跟以前一樣。

「明明會怕我碰到她而全身發抖，還講什麼繼承人。」

她對他的抗拒、還沒碰到就瑟縮起來的身體、顫抖的皮膚，就算她想盡力掩飾，那雙淡綠色瞳孔依舊明顯因為害怕他會做出什麼事而滿是恐懼，一如既往。

扎卡里輕笑出聲，完全不考慮比安卡提出的繼承人提議。

因為她依舊沒變。

CHAPTER 03.

紅腫的手心

隔天中午，阿爾諾堡一隅傳來喧鬧聲。這並不奇怪，出門征戰的騎士們回來後，隔天總是會如此熱鬧。到適婚年齡的未婚女性們以及崇拜騎士的少年們，都會滿懷期盼地呼喚騎士們。

騎士們講述的故事就像傳說中的勇者屠龍般，生動有趣。雖然女人們是醉翁之意不在酒，但他們的故事是這個寧靜和平的地方唯一的樂趣，所以只要當他們停下腳步說起那些英雄事蹟，就是幸運的一天。

但今天發生的不是那種騷動。是女人悲戚的哭聲，以及「啪嚓」的清脆碎裂聲。平時的阿爾諾堡如湖泊般安靜和平，而這道像釘子般尖銳的噪音瞬間穿透布簾。阿爾諾堡是眾人居住的地方，當然也會出現小問題和爭執。但現在不一樣，因為釘下這根釘子的人是阿爾諾堡的女主人比安卡。

比安卡說好聽點是安靜端莊，但說直白一點是對周遭不敢興趣，只把自己關在房裡。她對身邊的人不理不睬，甚至讓人懷疑她會對別人產生感情。

即使如此，比安卡身為伯爵家千金，依然非常講究地位尊卑，很看重自己的命令是否有及時執行。而且包辦整個宅邸事務的管家文森特將她的要求放在第一位，也嚴格教育過下人們，不可以在比安卡面前說出失禮的話。

因此她幾乎不曾跟下人們產生摩擦，即使聽到他們說自己的壞話也一樣。她明明確實聽到了，卻還是抬起下巴，看都不看他們一眼。那些下人們耍耍嘴皮子，她還是要維持高高在上的姿態。

比安卡讓人反感又刻薄，卻是個服侍起來相當輕鬆的女主人，因此女僕們無法理解比安卡此刻反常的行為。

亮麗的金髮垂在帽子下方，女僕全身不停發抖，她的臉頰紅腫，搞不清楚狀況而表情茫然。其他女僕也不知該如何是好，只能踱著腳。

比安卡凜冽的眼神瞪著金髮女僕。雖然她比其他女僕矮了大約半隻手，但她寒冷如霜的氣勢和怒氣沖天的氣息讓她看起來特別高大。

比安卡冷冷地說：「我不管妳怎麼罵我或說三道四都無所謂，我不在乎。」

她的確從以前就是如此。

這個女僕有時說著「伯爵大人送夫人禮物，妻子卻無情到連一句話也沒有」，或者抱怨每天指使她清掃掛毯上的灰塵、伯爵大人到底為什麼要和這樣的夫人一起生活等，比安卡都快要聽膩了。

然而比安卡沒有任何反應。因為她們說的並非全是謊言，其中有些話連比安卡自己都認同。

可是她的容忍到此為止。

即使她對周圍的人毫不關心，也有絕對無法容忍的事。那就是下人不知分寸越界的時候。

「但妳不能拿我這個女主人和你們相比。」

比安卡的手猛地劃過空中，白嫩的手打在金髮女僕的臉頰。比安卡的手變得與女僕的臉頰一樣紅腫，白皙的手心火辣辣地發燙。她低頭看了眼自己紅腫的手掌，冰冷地說：

「拿鞭子來，我得體罰她。」

一位識相的女僕聽從比安卡的話，立刻跑去拿條鞭來。

聽到條鞭，金髮女僕哭得更大聲了，像在大聲哭喊自己沒做錯事，那副抗議似的模樣讓比安卡的眼神一沉。

滿是淚水的她確實漂亮，身材也相當妖豔，應該是對那張臉有自信才敢說出那種話。

不管怎麼想都荒唐又悲慘。

我怎麼會落得這副模樣？比安卡再次想起剛才聽見的侮辱。

比安卡去找扎卡里的事馬上傳遍了整個阿爾諾堡，畢竟她為了見扎卡里而出現在騎士團聚集的大廳，當然會馬上傳開。

CHAPTER ✣ 03.

每個人都很疑惑比安卡究竟為什麼去找扎卡里。畢竟她可是「那位」伯爵夫人啊，整座阿爾諾堡中，唯一討厭並拒絕伯爵大人的「那位」伯爵夫人。

女僕們對伯爵夫人和伯爵大人之間的事尤其關心。阿爾諾伯爵既年輕又英俊，個性沉穩，富有又有權勢，身材也很好。對女僕們來說，伯爵就像夢寐以求的白馬王子。

不少女僕都夢想著被伯爵看中，當上伯爵的情婦。伯爵大人已經有妻子的事實算不上阻礙，如果伯爵大人深愛著夫人就算了，但所有人都知道他們夫妻的關係名存實亡，因此有很多人痴心妄想。

女僕們的這些想法，比安卡也心知肚明。如果她們將這些想法藏在心中，或許就不會發生現在這種事。

女僕們剛才在談論昨天晚上比安卡去找扎卡里，卻被趕出房間的事。比安卡恰巧路過，而她們沒有看到比安卡，高聲說著：

「所以沒有人聽到房裡發生了什麼事嗎？」

「管家大人站在那裡守著，誰敢偷聽啊？」

「是喔。」

「但這不是好事嗎？夫人去找伯爵大人，說不定是兩人稍微變親近的徵兆。」

「是夫人一時興起吧。」

「就算是一時興起，這也是十幾年來從未發生過的事啊。難道夫人改變心意了嗎？」

聽到其他女僕不如預期，不肯附和自己的說法，開啟話題的那位女僕噘起嘴。正是那位金髮女僕。她低聲嘟囔著反駁其他女僕。

「哼，改變心意？但伯爵大人到底願不願意接受夫人呢？坦白說，她不就是個陰沉的女人嗎？」

「安特。」

「大家都這樣覺得吧？騎士們和僕人們都是。」

即使其他女僕出聲警告，金髮女僕安特反倒抬起下巴，大聲說道。

到目前為止，比安卡還不以為意，因為安特說的是事實。她在城裡的人和扎卡里的家臣們之間風評糟透了，所以當她被維格子爵趕走時，沒有任何人願意站在她這邊。比安卡苦笑。

幸好他們在房裡的對話沒有洩漏出去。比安卡鬆了一口氣。

扎卡里確實不願意接受比安卡，事情的發展就如那位女僕的期待。萬一讓這些人確定自己是被丈夫冷落的妻子，她可能會羞憤到再也無法踏出房門。

無論如何，如果她對這種閒言閒語太過敏感，反而更可笑，就像在承認女僕們說的是事實。繼續聽下去只會讓心情更糟，比安卡決定轉身離開。

但就在那一刻，無法忽視的話敲上她的耳膜。

「幫領主大人暖床這件事，我可能比夫人還厲害吧？」

「不要說這種話，要是被夫人聽到要怎麼辦？不對，就算她沒聽到，也、也是對夫人不敬啊！」

「哼，但這是事實啊。夫人的皮膚也和她的個性一樣冰冷吧，肯定就像爬蟲類一樣，而且身材乾癟又醜，不管怎麼看都是我比較好。」

安特把手插在纖細的腰上，向後翹起臀部，衣服也遮掩不住的豐滿身材十分美麗，語氣裡滿是得意。

與此同時，本來打算轉身離開的比安卡突然站定不動。她到目前為止都可以無視安特其他瞧不起她的話，但唯獨這句無法容忍。

要看不起我也得有個分寸，她竟敢拿自己跟我比？不過是一個做女僕的女人？

比安卡淡綠色的眼睛燃起怒火。扯起嘴角到發疼，肩膀也繃緊。她記得上一世明明也有聽過類似的話，只是那時候不以為意，可現在無論如何都不能置之不理。

她還來不及思考其原因，身體先做出了行動。等比安卡回過神，她已經不自覺地拉住那位說話高傲女僕的手臂，賞了她一巴掌。

突然被打一巴掌的安特，目瞪口呆，望著比安卡。她不斷眨著眼睛，理解狀況。

面前的人是伯爵夫人，而她打了自己一巴掌……

經過幾番思考，安特總算明白是比安卡聽見了自己說她的壞話。就在安特不知該如何是好時，比安卡又打了她一巴掌。

比安卡只是怕麻煩，並不是溫柔善良的人，將自己受到的屈辱盡數奉還才是她的個性。她忍著手心的隱隱作痛，等女僕拿來條鞭。

除了安特的哭聲，沉默如同暴風雨前的寧靜持續著。比安卡似乎覺得她沒必要和安特多費唇舌，緊閉著嘴，其他女僕則看著比安卡的臉色，不敢說話。

沒過多久，條鞭按照比安卡的吩咐送來了。拿條鞭來的女僕同情地偷偷看了安特一眼，但比安卡假裝不知情，輕輕在空中揮舞遞到手裡的條鞭。條鞭劃破空氣的聲音刺耳，比安卡摸著條鞭前端喃喃自語。

「身材乾癟又醜，像爬蟲類一樣的女人……」

聽到比安卡的自言自語，周圍的人肩膀顫了一下。她們還在擔心比安卡聽到了多少，看來真的都聽見了。比安卡瞥了她們一眼，所有女僕嚇得屏住呼吸。她眼尾

CHAPTER ✣ 03.

上挑的目光高傲，如貓一般銳利。

「妳說我像爬蟲類，卻好像不知道我的個性比毒蛇還狠毒啊，所以那張破嘴才會胡說八道。」

比安卡輕笑，而笑裡藏著狠毒。女僕們無法辯解，只能低頭閉上嘴。

「妳覺得我會放過妳嗎？」

聽起來好像很和善，但比安卡明顯絲毫不打算放過她。站在比安卡面前的安特比任何人都切身感受到這個事實，敵意刺上她的皮膚。

比安卡一說完，安特就哭得更大聲。她明知道比安卡沒有同情心，卻故意揚聲大哭，只希望有人聽見自己的哭聲會過來救她。

這麼說來，今天伯爵大人在城堡裡。想到伯爵大人看到自己妻子狠毒的模樣，失望透頂地抱著自己的畫面，這點鞭打算什麼。她能撐下去，伯爵夫人的手腕纖細，就算用力鞭打，她也忍得下來。流淚的安特眼神中閃過陰險的光芒。

不管安特心裡怎麼想，委屈地不停掉淚的模樣看起來相當悽慘。就算知道事情經過，也會讓人於心不忍。但比安卡沒有動搖，舉起條鞭命令。

「手伸出來。」

女僕們做任何事都要用手，萬一手受傷，工作會變得非常麻煩。一想到要將受傷的皮膚泡在冷水裡洗碗或洗衣服就可怕至極。安特猶豫了一下，但最後不得不乖乖聽話，伸向比安卡的手不停顫抖。

比安卡毫不猶豫揮下條鞭。

啪——安特緊緊閉上眼。

「這是把卑賤的自己拿來和主人比較的罪。」

啪——安特忍不住張開嘴，發出難聽的哀嚎。

「這是偷聽主人們談話的罪。」

啪——安特環顧四周，想著有沒有人願意救自己，但所有人都不想和她對到眼，慌忙轉移視線。

「這是說三道四的罪、這是誹謗主人的罪。」

比安卡揮動條鞭的手沒有絲毫遲疑。與以為自己能夠承受的錯覺不同，比安卡每揮一下，她就越痛苦地哭喊。

即使是比安卡纖細的手腕，條鞭也受到彈力影響，銳利地劃破空氣，在安特白皙的皮膚上留下怵目驚心的紅痕。她連續打了好幾下才停手，但不是要放過安特，而是想喘口氣。

原本指望有人來救自己，哭也哭得很漂亮的安特現在臉上一蹋糊塗，帶著痛

CHAPTER ✢ 03.

苦的臉上全是眼淚和鼻涕。她無法理解自己做錯了什麼，要遭受這種事。

『我說謊了嗎？夫人一定是嫉妒我才欺負我。因為我比她漂亮，我有亮麗的金髮，而她的頭髮就像從梧桐樹剝下來的皮，因為我更……不管是誰都好，快點救我逃離把從這個惡毒的夫人……』

「還有，膽敢覬覦遠在天邊的主人的罪。」

調整好呼吸的比安卡再次揮下條鞭。這次條鞭更銳利地劃破空氣，安特也察覺到即將到來的痛楚而緊閉雙眼。

但什麼也沒發生。

安特小心翼翼地睜開眼，疑惑發生了什麼事。

一個男人擋在她面前，比安卡的條鞭被他緊握在手中。安特瞪大雙眼，這情況簡直就像上天聽到了自己的祈求。

突然介入攔下比安卡揮鞭的男人無奈地問道：

「您這是在做什麼？」

「……應該是我問你吧。你這是在做什麼？」

比安卡不耐煩地反問。她想將從男人手中抽回條鞭，但條鞭紋絲不動。男人俯視不願輕易退讓，緊抿著雙唇的比安卡。

文森特晚了一步才氣喘吁吁地趕來。是聽到騷動了嗎？還是⋯⋯

比安卡瞪了一眼剛才去拿條鞭的女僕。當她一對上比安卡的目光，就縮起肩膀。

比安卡再次將視線轉向妨礙自己的男人。看上去年紀應該與扎卡里差不多，黑色頭髮、暗綠色眼睛，長相很面熟。

記得是扎卡里的副隊長之一⋯⋯比安卡皺起眉頭，想不起對方的名字。反正也不需要記得，需要的時候再問就好。

「你是？」

「⋯⋯我是羅貝爾。」

阿爾諾軍的副隊長羅貝爾咬緊牙關回答。羅貝爾是扎卡里的老心腹，甚至在比安卡與扎卡里結婚時，對嫁妝的往來表示過意見。他與扎卡里的年齡相仿，所以跟朋友一樣親近。

雖然這是他第一次與比安卡直接對話，但在這不算太大的城堡裡也見過好幾次面，她竟然不知道他的名字，不，她連自己的存在都不知道嗎？

比安卡不認得羅貝爾，足以證明她對扎卡里漠不關心。

扎卡里在外面浴血奮戰，在屍體堆中打滾的同時，她穿著用他賺來的錢買的綾羅綢緞，卻還對他毫不在意⋯⋯！羅貝爾瞬間火冒三丈，但還是盡力冷靜下來，

CHAPTER ✢ 03.

只不過他的敵意當然沒有因此瞬間平息。

面對這位突然出現的男人散發出來的莫名敵意，比安卡仍處之泰然，雖然有點煩躁，不過這也不是一天兩天的事了。讓比安卡驚訝的反而不是這個人的敵意，而是文森特挺身為她說話。

「羅貝爾爵士，不可對夫人無禮。請先把手放開。」

文森特嚴肅地訓斥道。他雖然是管家，但也是扎卡里最老的家臣，連羅貝爾也不得不聽他的話。剛才無論比安卡怎麼說，他都不願放開條鞭，但文森特的一句話就讓他立刻鬆手了。

不管怎麼說，文森特是對宅邸內的地位尊卑最敏感的人，會嚴格區分上位與下位者，彼此又該如何協調。因此就算知道文森特討厭自己，比安卡也沒辦法太討厭他，當然也算不上喜歡。

比安卡輕嘆了一口氣，居然還得找理由解釋這種情況，真是糟糕的處境。她將這股哀戚藏在心中，用平靜的語氣打破沉默。

「我已經算寬容了。」

「寬容的夫人不會拿條鞭打人。」

羅貝爾立刻反駁比安卡的話。人又不是家畜，竟然因為犯錯就狠狠鞭打對方，就算是主人要整治女僕的紀律，這種手段還是過於殘忍。

在扎卡里的三位副隊長中，羅貝爾最為正直，具有騎士精神，有對女性很溫柔的傾向，但僅限他認為是淑女的女性。認為比安卡很殘暴的羅貝爾看她的眼神並不友善。

正面面對羅貝爾的比安卡當然感受到了他的想法。肯定是不了解狀況，就擅自認為她就是個壞女人而現身的吧。比安卡冷哼一聲，這樣的偏見已經見怪不怪了。

「夫人說得沒錯，這是適當又寬容的懲罰。那個下人忘了自己的本分，就算受到更嚴厲的懲罰也無話可說。」

這時，文森特再次介入。看來去找文森特來的女僕比想像中更仔細地說明了情況，這也令人意外。比安卡訝異地看向拿條鞭來的女僕，淺栗色頭髮的女僕更深深低下頭。

聽到比任何人都冷靜的文森特護著比安卡，認同這樣的處罰算寬容的話，羅貝爾慌張起來，支吾其詞。

「這是什麼……」

「妳說我是無情至極的女人，我能理解，因為這是事實；妳大聲嚷嚷說我是揮霍無度的壞女人，我也能理解，因為那也是事實。」

CHAPTER ✢ 03.

比安卡淡然地用冷漠的嗓音說出女僕們議論她的內容。搞不清楚狀況的羅貝爾聽到比安卡突然這麼說後，皺起眉頭。比安卡越說下去，他的臉色就越難看。

自以為是的男人臉上浮現焦躁與不安，看他露出愚蠢的表情相當有趣，比安卡都忍不住哼起歌來了。她強忍下愉悅，用力握住條鞭。

她看到安特在羅貝爾身後悄悄露出勝利的微笑，顯然以為羅貝爾救了自己，已經獲救了。

一點也不好笑。比安卡心想，我是這座城堡的女主人，而羅貝爾只是一名騎士，如果以為騎士登場妳就能輕鬆地全身而退，那妳就錯了。比安卡撇了撇嘴。

「但就算我是個惡劣又身材乾癟的女人，也不代表妳能代替我爬上我丈夫的床。」

羅貝爾瞪大雙眼，回頭看向身後的女僕安特，彷彿在確認她是否真的說過這種話。

就在這個瞬間，比安卡轉動手腕，揮下條鞭。她早就準備好了，動作俐落迅速。鬆懈大意的女僕臉上出現一線紅痕，尖銳的條鞭前端劃破細嫩的皮膚，飛濺出鮮血。

「呀啊啊！」

安特摀著自己的臉跌坐在地。儘管痛苦，臉上淌血的恐懼更讓她驚慌失措。

『真奇怪，為什麼我會被打？旁邊有那麼多人看著，也有人出聲勸阻，通常不是都會停手嗎？難道她不在意別人的眼光？』

安特的想法確實符合一般的情況。但對方是比安卡，是個比起在意別人的閒言閒語，更重視自己尊嚴的人。假如比安卡會在乎周遭的目光，就不會被整座城堡的人孤立到這種地步了。

比安卡滿意地勾起微笑。看到安特像快死了一樣摀著臉驚慌失措，心中就湧上一陣痛快。她用念晚餐菜單一般，冷淡無情的聲音繼續說：

「希望這能成為妳反省過錯的機會。」

安特的眼裡不停掉下淚水。清晰的傷痕與紅色的血，在白皙精緻的臉蛋上更加突兀。

羅貝爾咬著唇，低頭看著自己疏忽大意的後果。如果當時自己沒有回頭，事情或許就不會變成這樣。安特確實說了逾矩的話，但也不該受到如此殘酷的懲罰。而且讓人有機會說出這種話的，不就是比安卡嗎？羅貝爾瞪著比安卡大喊道：

「就算如此，您也太過分了！」

「什麼？」

比安卡不解地歪著頭，無法理解他這麼說的原因。

CHAPTER ✣ 03.

她再次回想自己聽到的屈辱。不僅欺瞞貴族，還覬覦有婦之夫，原本應該是會被脫光衣服鞭打再趕出去的罪。比安卡點點頭，自己確實很寬宏大量。

羅貝爾也是，只要他再稍微思考一下，就會發現安特犯的錯即使接受這樣的處罰也無話可說，但平時對比安卡日積月累的不滿蒙蔽了他的雙眼。

這時，一道低沉的嗓音鎮住了這場混亂。

「在吵什麼？」

聲音簡短卻帶著強烈的威嚴，眾人像被澆了冷水般安靜下來，全都看向聲音的來源——正是這座城堡的主人，扎卡里。

掌握這座城內所有決策權的人一登場，所有人都安靜下來，看著他的臉色。

扎卡里穿著便服搭配黑色毛皮背心，以及軍人常穿的皮靴。垂在一邊額頭上的銀灰色髮絲讓他看起來有點放鬆。

他的外表及穿著，與其說是城堡領主，更像是年輕騎士團團長。但他從年幼時期開始，作為領主歷經了十多年的坎坷，那雙深邃的瞳孔帶著老練與威嚴。

每個人都為了向扎卡里低下頭，彎腰行禮，只有比安卡直挺挺地抬著下巴。她用力咬著下唇。

為什麼偏偏是現在？對比安卡來說，扎卡里的出現一點也不值得開心。

扎卡里是個相當慈悲的領主，不曾毫無緣由地下達重大刑罰。他在無數征戰中累積起來的殺戮罪孽無法計量，但對戰爭之外的事十分心軟。從領主穀倉裡偷走半袋麥子的人，也只是懲罰他隔年奉還一袋麥子，照往例來說，那可是得剁掉手掌的罪。

這樣的領主會如何看待安特的事？如果知道安特是怎麼說自己的，他會支持比安卡，認為她是對的嗎？

比安卡無法確定，而且她沒辦法對扎卡里複述安特說過的話。就算能在其他人面前滔滔不絕地指責安特，她也沒勇氣講給丈夫扎卡里聽。

最重要的是，比安卡認為安特說得對，她的確是毫無魅力又如同爬蟲類的女人。否則她昨天怎麼會被扎卡里趕出來，如果在這種情況下轉達安特說的話，自尊心會更受傷。

而安特也很清楚這一點。她與比安卡的悲喜就此調換。

安特認為，扎卡里得知比安卡的狠毒行為後會更疏遠她，還會覺得自己很可憐。如果是至今見過的伯爵大人一定會這樣的，因為伯爵大人對自己的妻子漠不關心，對下人們卻非常親切。

扎卡里望向比安卡的手，比安卡不自覺顫了一下。雖然想將手裡的條鞭藏到身後，但她還是直挺挺地站著。

我沒做錯任何事。

比安卡不斷給自己勇氣，但看到扎卡里皺起眉頭，費盡心思鼓起的勇氣就像溶入水裡的鹽巴，瞬間消失。

「……比安卡。」

扎卡里皺著眉頭，低聲呼喚比安卡。他只是叫了一聲名字，比安卡還是從他看向自己的眼裡看到了惱怒。

比安卡的臉開始漲紅，胸口像放了炭火般悶熱難受。

我是做了什麼，要用那種眼神看我？因為我管不好一個女僕的嘴嗎？因為我就是活該被人家在背後議論的女人，不該為這種小事大鬧嗎？

比安卡揚起嘴角，很好奇如果告訴扎卡里安特對自己說了什麼，他會露出什麼表情？會像第一次聽說一樣驚訝，還是理所當然似的平靜如常呢？

即使無法忍受這種恥辱，比安卡依然用力挺直脖子。不管在什麼情況下，自尊心都支撐著比安卡，包括被維格子爵趕出去的那一刻。

比安卡唯一一次放下自尊，就是被趕出阿爾諾堡後對費爾南糾纏不休的時候。因為她當時愛他、相信他，因為相信著他的愛……

當然，結果如何應該不用多說。如今，比安卡知道拋下自尊只會得到悲慘的下場，因此她抬頭挺胸，用力睜大眼，避免流下眼淚。為了不讓聲音顫抖，她將全部力氣集中在聲帶與舌根，一字一句用力地說：

「您也想說我做得太過分了嗎？我認為我只是做了應該做的事，作為這座城堡的女主人，以及您的妻子。」

「……」

「……如果這個女人是您的情婦，我願意退讓。因為不管她要不要代替我幫您暖床，她都有資格說那種話。」

「不是的。」

比安卡帶著半是挖苦半是哀傷的心情這麼說後，扎卡里果斷地回答。他的嘴唇扭曲，緊咬著牙關，彷彿不會說話的野獸露出牙齒，臉上滿是無法形容的憤怒。

扎卡里快步走向比安卡，空氣中飄盪著令人害怕的緊張感，文森特、羅貝爾和其他女僕都往後退，怕擋到他的路。

看到扎卡里逕直朝自己走來，比安卡也退了一步。身材高大的他步步逼近的模樣總是很有壓迫感。

但在比安卡往後退之前，扎卡里先來到了她的面前。扎卡里伸出手，修長的手

CHAPTER ✣ 03.

臂忽然朝自己伸來，比安卡下意識性縮起肩膀。

扎卡里的手沒有抓住比安卡，而是她手裡條鞭的前端。扎卡里拉動條鞭時，她下意識地更用力地握住，以至於兩人握著條鞭對峙著。

不明白扎卡里突然這麼做的原因，比安卡不解地看著他，而扎卡里的視線落在比安卡握著條鞭的手上。總是白皙纖細，宛如白樺木樹枝的手指紅腫，他自言自語般地低喃道：

「妳的手很紅。」

聽到扎卡里突如其來的這句話，比安卡眨了眨眼。

現在這件事重要嗎？她頓時說不出話來。

扎卡里始終皺著眉，面露不悅，眉心的皺摺和眉毛下的陰影不曾沒有消失。比安卡完全不明白他為什麼這樣，但明顯表現出慌亂是很輕率的行為。

比安卡裝作沒事，慢慢回答。

「……我一時忘記可以使用道具，直接用手打了她。」

「再這樣下去會腫起來的。」

扎卡里咂嘴一聲，神情不滿，可能是不滿意她身為伯爵夫人居然隨便動手。

雖然一巴掌打在女僕臉上的瞬間相當痛快，但比安卡也認同這行為不符合貴族風範的舉動。她垂下眼，銅褐色的濃密睫毛遮住她的淡綠色眼睛。

那一刻，扎卡里的手伸到比安卡的手邊，但只是游移了一下就馬上收回，彷彿自己不能碰觸到比安卡的手。

難道他連碰我都不願意嗎？但扎卡里的態度有些奇怪。

扎卡里再次用不悅的眼神看向比安卡的手，喚來文森特。

「文森特，送夫人回房並叫醫生來。」

「是。」

一聽到扎卡里吩咐，文森特立即走向比安卡。他正疑惑為什麼要叫醫生，才發現她的手掌腫了起來，手心的血管似乎破裂了。受了這樣的傷，揮動條鞭應該也非常痛，但她仍面不改色，確實狠毒。文森特不禁咋舌。

安特發現事情正往奇怪的方向發展，但她還是不願拋下迷戀，用懇切的眼神仰望扎卡里。

我們的伯爵大人不善言辭卻很溫柔，非常疼愛城裡的人……自己的臉都像這樣流血了，他不可能放任不管。如果伯爵大人願意看自己一眼，肯定會驚訝的，他只是還沒有仔細看到我現在的狀態而已……安特仍抱有一絲期待。

可能是安特的祈求有了效果，扎卡里的視線往下看向安特。雖然只是一掃而過，但安特趁在對上扎卡里目光的瞬間，哭得更楚楚可憐，為了博得扎卡里的同情。

她垂下睫毛悲傷啜泣的模樣可憐至極，還不忘微微抖動肩膀，增加柔弱感，並稍微拉起裙襬，露出纖細白皙的腳踝。

然而扎卡里沒有再看向安特，只是掃過一眼，像在看地上的石頭，之後只顧著關注文森特檢查比安卡的手心。

看清比安卡因緊抓條鞭而紅腫的手心時，扎卡里的臉色蒙上更濃厚的陰影。

扎卡里不耐煩地補道：

「還有，別讓城堡裡這麼吵。」

「……是。」

文森特重重點頭。最後扎卡里轉身離去，寬闊的背影毫不遲疑地一步步走遠，不曾回頭。

突然出現，只說了莫名其妙的話就轉頭離開。比安卡回想思考著他那幾句話和舉動的含意，思緒一片混亂。她用沒受傷的手扶著隱隱作痛的頭。

不明所以的不只比安卡。羅貝爾還站在原地一臉茫然，安特也藏不住臉上的失望。

安特不知道，扎卡里雖然是對領民相當寬容的領主，但在戰場上可是沒血沒淚的冷血男人。「鐵血伯爵」這個稱號不僅是因為他強大的軍隊與戰功，更是因為他那頭銀髮染血的模樣，就有如染血的劍。

看上去溫和是因為他不感興趣，疼愛城裡的人是因為這樣比較輕鬆，無論是要治理領地還是使喚他們，只要有必要，他可以變得殘忍又冷酷。而如此無情的領主，不可能會袒護羞辱自己妻子的女僕。

在所有人都發愣的時候，文森特出聲提醒比安卡。

「夫人，我送您回房，這邊請。」

「我可以自己回去，也不用叫醫生了，這點小事不需要那麼麻煩。」

比安卡注視著扎卡里遠去的背影，不耐煩地回應文森特的催促。只是打了兩巴掌就請醫生來，這樣小題大做很丟臉。她的手心並不是不痛，而是這點程度還能忍受，更何況現在手痛不是問題。

比安卡完全無法理解扎卡里的舉動。她困惑地咬住下唇。

這樣就好像他……很擔心我一樣啊。

但這怎麼可能。比安卡搖搖頭，甩掉腦中浮現的假設。

在比安卡心裡，扎卡里不是「那種」男人。

CHAPTER ✣ 03.

可無論如何，比安卡在下人面前保住了面子，這是件好事。比安卡輕嘆一口氣，走回自己房間，沒有將文森特剛才說的話放在心上。

不過文森特不顧比安卡冷淡的拒絕，還是緊跟上她。身為扎卡里忠誠的心腹，他不屈服地再度重複扎卡里的命令。

「伯爵大人說要請醫生來。」

「他也叫你別讓城堡裡那麼吵鬧。我會自己處理的，你去忙你的吧。」

比安卡沒有回頭，語氣平淡地回答，踏著毫不留戀又堅定的步伐離開。

文森特看著比安卡自尊心強又固執的背影，嘆了一口氣。

比安卡和扎卡里都一樣，都不聽別人的話，只說完自己想說的就離開。待會兒再請醫生就可以了吧，反正立刻派人過去也會吃閉門羹。文森特決定不再跟著比安卡，去完成該處理的工作。

安特還茫然地坐在地上抽泣，文森特冷冷地斜睨她一眼，語氣冷淡地說：

「別哭了。」

安特誤以為文森特是在安慰自己，因此輕吸吸鼻子，用手背擦拭眼角。

文森特一直代替不管事的夫人管理阿爾諾堡，僱用並管理下人也屬於他的職責。人們都說有什麼樣的主人就有什麼樣的僕人，文森特看似冷漠，卻是個會善待員工的上司，安特當然認為他只會簡單地罵一頓，之後安慰自己就算了。

但文森特接下來說的話無情地摧毀她的期待。

「妳準備回家吧。」

「嗚、嗚嗚……什麼？」

安特一臉不敢相信自己聽見了什麼，睜大眼睛反問。演了好一段時間的可憐模樣，她只有臉上維持著淒美的表情，但滿是血跡和淚痕的樣子極其醜陋，一如安特的內心。

文森特對她的無知露出無奈的笑容，為她仔細解釋現況，讓她能夠理解。

「妳沒聽見領主大人的話嗎？他不希望城堡裡變得吵鬧，而妳就是吵鬧的元凶。」

「但是管家大人……！」

「下人的美德就是管好嘴巴，像妳這樣會說長道短的人不適合。快點去做準備，除非妳想雙手空空地被趕出去。」

文森特完美理解了扎卡里的言外之意，斬釘截鐵地說。

成功跳過一次爐臺的貓就會跳第二次。想到頂撞過夫人的安特說不定又會說出什麼胡言亂語，文森特就頭疼不已。

CHAPTER ✢ 03.

只要把安特趕出去，就不必擔心她會亂講話的嘴和品行了，同時也足以警告周遭的其他下人，可說是一石二鳥。

事實上她就算被罰杖刑也無話可說，畢竟她做出了逾矩的行為。這已經是非常寬容的懲罰了。文森特在心裡點點頭。

聽見文森特冷淡的命令，安特明白自己根本沒有抓到任何救命稻草，茫然自失。她只是開了一個小玩笑，說的也是事實……

文森特向站在一旁不知所措的女僕們使了眼色。她們也機靈地理解了文森特的指示，伸手拉起還癱坐在地，絲毫不打算起身的安特。即使安特掙扎反抗，也敵不過許多女僕的力量。

安特被女僕們拉走，原本吵雜至極的空間只剩羅貝爾及文森特兩人。

羅貝爾的嘴反覆張開又闔上，似乎完全無法理解狀況，平時正經的臉凌亂扭曲。羅貝爾搖搖頭，要趕走雜亂的思緒，但他的暗綠色雙眼仍然滿是不可置信。

「……是什麼？」

「您指的是？」

「您不覺得伯爵大人和夫人的關係明顯和以往不同嗎？突然間發生了什麼事？跟昨天夫人去找伯爵大人的事有關嗎？」

和以往不一樣。雖然說不清楚哪裡不一樣，但圍繞著他們兩人的氣氛確實改變了。

「……我也不清楚。」

面對羅貝爾的追問，文森特不疾不徐地搖搖頭。扎卡里房間的隔音很好，除非大聲吼叫，否則很難清楚聽見對話。不清楚昨天發生了什麼事的文森特只能模糊地推測這與昨天發生的事情有關。

但比起昨天發生了什麼事，更重要的是比安卡為什麼會突然去見扎卡里。以前只要扎卡里不去找她，比安卡也不會主動出現。這樣的比安卡怎麼會毫無來由地主動去找扎卡里？一輩子都表現得像「布蘭克福特家」的她，又怎麼會提到跟「阿爾諾家」有關的事呢……文森特對她改變心意的原因感到好奇。

當然，再怎麼好奇也不可能馬上知道答案，因此他們該做的事很簡單。文森特微笑著，臉上的皺紋隨著嘴角悠悠彎起。

比羅貝爾年長大概十五歲的文森特，勸告似的對這位依然沮喪，血氣方剛的年輕騎士補道：

「但確實有什麼事改變了。而我們要做的只有一件事，就是遵從主人的命令。我們都明白什麼是對主人有利的行為，不是嗎，羅貝爾爵士？」

CHAPTER ✣ 03.

＊＊＊

比安卡回到房內，坐在靠窗邊的箱子上，望著窗外回想今天的事。

被女僕羞辱的憤怒已經如融雪般消失，填滿內心的是難以言喻的悸動。越是回顧扎卡里的每一個舉動，就越覺得他對自己的想法並不只有反感。

那他為什麼要拒絕我？

如果沒有那麼討厭自己，應該沒理由拒絕與自己同床吧？

想到所有男人都拚命地想鑽進女人的雙腿間，就更無法理解扎卡里令人感到疏離的態度。

說不定我的身體不符他的喜好。

對啊，如果他有情婦，那確實沒必要為了和我這個不符合喜好的女人上床費盡心思，所以才會一再推遲初夜，直到忍受不了家臣們煩人的建言。

比安卡低頭看著自己。十六歲的身體就如安特說的那般乾癟消瘦，雖然有胸部，但要用大手握住稍嫌不足，確實不是男人會喜歡的身材。即使她才十六歲，不過比安卡很清楚自己的身體就算長到十八歲也不會出現明顯的變化。

十八歲時只要能產生一點女人化的曲線，就該滿足了嗎？

比安卡習慣性地摸上額頭，卻因為從手掌傳來的痛楚而皺起眉。這股痛楚持續得比想像中還久。

這時，一名女僕走進房間。壓低腳步聲，小心翼翼低著頭走進來的女僕看起來很眼熟，是剛才拿條鞭來的淺栗色頭髮的女僕。

她小心翼翼抬起頭，看著比安卡的臉色。

「夫人，醫生……」

「我說過不用了。為這種事叫醫生來太丟臉了，是想讓我打女僕的事傳遍每一個地方嗎？」

「……」

一聽到醫生兩個字，比安卡立刻嘲諷地回答，之後再次轉頭看向窗外。看著她堅決的側臉，可以感受到強烈的拒絕意志。

冷淡的態度讓女僕猶豫不決，似乎沒有勇氣再和比安卡搭話。女僕在一旁看她的臉色一段時間，最後還是不敢開口，鞠躬後離開房間。

此時比安卡才緩緩嘆了一口氣。

雖然手還是很痛，但是請醫生來也讓她不甘心，因為之後一定會聽見自己不知道多狠毒地打女僕，才會打到自己也需要請醫生治療。

CHAPTER ✣ 03.

她不怎麼在意下人們在嚼什麼舌根，但也無法放任莫名其妙的傳聞四處流傳。不過剛才對那個女僕的回答會不會太尖銳了？明明應該稱讚她，而不是擺臉色給她看。多虧她去向文森特詳細解釋了情況，這件事才沒節外生枝，順利解決。

比安卡對自己無情的舉動感到後悔，但與女僕們和睦相處的日子已經過去太久了，她不知道該怎麼做才好。女僕已經跟船一樣離開了，現在房裡只剩下比安卡一人。她撐著下巴，微微動著嘴唇，像辯解一樣的話在嘴裡消散。

比安卡的氣息將窗戶玻璃染得一片白，手掌覆在冰冷的牆上，從牆壁透進來的寒意冷卻了手心的熱度。

然而不久後，剛才那位女僕又來找比安卡，這次還帶了裝滿水的盆子跟乾淨的布。女僕不敢靠近比安卡，生硬地笑著。

「如果您不願意請醫生來，那我來為您用藥草水熱敷。紅腫發燙的手會改善很多的。」

女僕眨著圓滾滾又單純的眼睛，輕聲細語地說。她大概比現在的比安卡大五歲吧？還是個年輕傻氣的女子。她端著盆子站在原地，像在等待比安卡的允許。

比安卡眨眨眼看向女僕，女僕小聲地懇求道：

「拜託，夫人。」

她深褐色的瞳孔擔心地晃動著。

「……」

比安卡一時語塞，再次問自己問過無數次的問題。

究竟為什麼？她很清楚自己是個冷漠又不親切，總是無所事事地袖手旁觀，懶惰又挑剔的主人，也知道下人們因此都很討厭自己。

比安卡無法理解眼前這位女僕為什麼如此擔心自己，但她艱難地開口：

「……謝謝。」

「不會的，這是我應該做的。」

女僕露出笑容，安心下來似的鬆了一口氣，端著盆子走近比安卡，在她面前跪坐下來，把布浸入水中。

不明的草藥漂在冒著熱氣的水面上，飄散出藥草的氣味。女僕將浸溼的布擰乾，小心地敷上比安卡火辣辣的手心。發痛的傷口一碰到布，手掌立刻反射性地顫了一下。女僕用布輕拍比安卡的掌心，像在去除凝結在牛奶表面的油膜。

女僕專心地看著手掌的傷口時，比安卡感受到一股莫名的悸動，愣愣地看著女僕圓潤的頭髮髮梢。淺栗色髮絲沐浴在陽光下，彷彿麥稈一樣溫暖而豐饒。

那隻手就像母親用舌尖舔舐剛出生的孩子身上的皮膜，這溫柔的舉動讓比安卡想起自己的奶媽珍妮。

將比安卡視為珍稀瑰寶的珍妮和她一起來到阿爾諾堡，比安卡曾經以為只要有珍妮，她就不需要任何人，而珍妮也教導過她許多需要知道的事。

像比安卡的母親是多麼高貴、氣質出眾的貴族夫人；該怎麼作為貴族夫人活下去；該如何刺繡；要如何計算並掌握蠟燭的庫存及家畜的數量……

但平凡的日子並未持續太久，珍妮在比安卡十三歲時因傳染病去世。從那以後，比安卡身邊就沒有專屬的下人了。

對比安卡而言，珍妮是獨一無二的，沒有人能取代她的位置，而她也不想再承受親近之人死去的痛苦。

然而，如今的她是活到三十八歲後重生的比安卡，珍妮的離世早就變得模糊不清，即便不願面對死亡帶來的傷痛，也醒悟到那是不可能的事。父親、兄長、丈夫……所有人都丟下比安卡死去了。

比安卡十分孤單，並非因為他們離世後獨留她一人，而是在他們死去之前，比安卡就因為恐懼而孤立自己，也因此犯下愛上費爾南的愚蠢錯誤。

她討厭這樣的人生，討厭和過去一樣的人生。

人的價值觀或個性不會因為重生而輕易改變。比安卡無意改變自己的態度，依然將女僕們視為聽從命令的工具，也不打算親切對待她們，產生感情。

不過，稍微打開心扉應該沒關係吧？

比安卡還有這種程度的勇氣。她微微張開的雙唇開口，發出像小鳥鳴叫般細微的聲音。

「……妳叫什麼名字？」

「我叫伊馮娜，夫人。」

伊馮娜露出微笑，沒有一點做作及偽善。

阿爾諾城裡大部分的下人都對城堡的女主人比安卡有所不滿，連比安卡本人都相當清楚。她沒有承擔作為伯爵夫人的義務，只享受權利，不僅在公務上讓人詬病，私底下也因為她尖銳無情的態度而有所顧忌。他們並不好奇比安卡為什麼對周圍總是表現出渾身帶刺的反應，就算知道答案，也會當作是貴族千金吃飽太閒的鬧劇，沒辦法產生共鳴。

但伊馮娜不屬於那「大部分」的人。她有一個和比安卡年齡相仿的妹妹，家境不富裕，即使她當了女僕、寄送糧食回家，家人還是經常挨餓。最後伊馮娜的妹妹為了讓家裡少一張嘴吃飯，嫁給年齡差距極大的鄰居木匠。

『別擔心，姊姊。既然我們家沒辦法準備豐盛的嫁妝，我能嫁去的地方也沒有其他選擇了，和那個人結婚至少不會餓肚子。』

伊馮娜的妹妹這麼說，想減少她的擔憂，但她的婚姻生活顯然不會太幸福。可是伊馮娜對此無能為力，只能在遙遠的阿爾諾堡祈禱她過得幸福。

因此比安卡的處境更讓伊馮娜心疼。看到比安卡一個人住在這偌大的城堡，她就會想起自己的妹妹，惴惴不安。再加上比安卡如同母親的奶媽去世不到三年，有時看到比安卡獨自站在走廊凝視窗外，都能深刻感受到她窄小肩上的孤單。

「那麼，伊馮娜。妳明天還能幫我用藥草熱敷嗎？好像確實有些效果。」

比安卡的話只是提議，但聽起來就像不得違逆的命令。這是因為她與生俱來的高傲態度，淡綠色的眼眸閃爍沉靜的光芒，彷彿認為伊馮娜一定會聽從自己的命令。

但伊馮娜在比安卡傲慢堅定的語氣中，察覺到了隱約害怕被拒絕的恐懼。而且比安卡竟然吩咐自己明天來做一樣的事，她從未將工作持續交給同一名女僕。

她從來不會固定使喚某位女僕，每次想到新的工作，只會命令新的女僕，所以比安卡是個麻煩又難相處的主人，也不會記得任何人的名字。不，她從一開始就不會過問對方的名字。

伊馮娜發現比安卡微妙的變化，立刻用輕快的語氣回應：

「當然了，夫人。」

伊馮娜肯定的答覆讓比安卡輕輕一笑。雖然很細微，嘴角揚起的弧度若有似無，卻瀰漫著香甜的氣味，宛如紫羅蘭花苞瞬間綻放的香氣。

第一次見到比安卡微笑的伊馮娜眨眨眼，胸中情緒翻湧，彷彿看到戒備的白狐小心翼翼地走來，用頭磨蹭人類手掌撒嬌一樣感動。

＊＊＊

伊馮娜還問比安卡明早能不能一起和她去散步。面對伊馮娜突如其來的邀約，比安卡只不自覺地點了頭，但聽到伊馮娜笑著說「希望明天是好天氣」，比安卡也忍不住笑了。

伊馮娜離開後，獨自坐在房裡刺繡的比安卡看著繡框發呆。習慣性開始的刺繡已經完成了一半，卻完全進行不下去。她將遲遲沒有進度的刺繡放到一旁，反正一直拿在手上也沒用。

太久沒有和別人一起出門散步了。比安卡將手輕輕放在胸前，或許是因為期待，心臟正大力跳著。

比安卡想起伊馮娜仰望自己的單純眼神。上一世的伊馮娜是怎樣的呢？比安卡

CHAPTER ✣ 03.

完全想不起來。那是當然了，女僕在上一世的她眼裡，只不過是擦身而過的工具。

或許伊馮娜在上一世也對比安卡很親切，畢竟人的個性不會輕易改變，只是以前的她沒有察覺到伊馮娜對自己的體貼。假如當時有發現伊馮娜的存在，事情會有什麼改變嗎？

比安卡輕輕搖頭。自己太愚蠢了，要不是經歷過一次，根本不明白每一段這樣的渺小相遇都十分珍貴。即使當時有機會遇見伊馮娜，應該連正視她的想法都沒有。

幸好在上一世的人生學到了一些道理，如今才能接受伊馮娜善意的接近。儘管只是一起散步，但這在前世是絕對不可能發生的事。遇到越多這種事，比安卡就越確信自己重生了。她因為滿足而露出微笑。

但這一天，還發生了一件上輩子絕不曾發生過的事。

那就是扎卡里來找比安卡。扎卡里意外的來訪讓她嚇了一跳，她愣愣地望著扎卡里時，扎卡里站在房門前頂著有如木石的臉，面無表情地問：

「妳不打算讓我進去嗎？」

「……不，請進。」

得到比安卡遲來的許可，扎卡里大步走進房間。他的靴子底部相當乾淨，讓人有種他走過會留下腳印的錯覺。

站在比安卡面前的扎卡里依然高大，散發著壓迫感。比安卡不想表現出害怕扎卡里的情緒，表情維持鎮定，肩膀卻忍不住微微發抖。

「手，打開來給我看看。」

「……」

在扎卡里強勢的命令下，比安卡乖乖在他面前攤開手掌。

冷漠的語氣，比安卡很討厭他像將自己當成部下的說話方式。他不會說場面話，更不曾在她耳邊低喃甜言蜜語。

他是會選擇用刀劍說服對方的男人，擅長運用身體，卻不怎麼會說話。雖然也沒有這個必要，他僅有的口才都只運用在提振軍隊士氣。

扎卡里不會輕易表現出喜悅，也不會明顯表現出不悅。那很像貴族的特性，但他的靜默完全不是那麼一回事。這個男人就像一把鍛造得十分鋒利的刀，沒有一絲情感波動……

他明明是那樣的人。

「還像燒紅的木炭啊。到底為何不請醫生來？」

這樣的扎卡里現在卻明顯表現不悅，責備比安卡。面對他陌生的態度，比安卡低下眼，垂下的睫毛將她混亂的眼神藏在陰影中，輕聲回答：

CHAPTER ✣ 03.

「我不想讓事情傳開。而且有伊馮娜照顧我，沒關係的。」

「伊馮娜？」

「對，是個女僕。」

「……」

扎卡里沉默下來。從他單邊挑起的眉毛看來，他似乎不相信比安卡記得女僕的名字。比安卡也不曾想過自己會記得女僕的名字，他會感到不敢置信也很正常。但比安卡沒辦法一字一句解釋自己的心境發生了什麼變化，裝做若無其事的模樣。

扎卡里沒有再追問伊馮娜的事，而是不高興地抿著唇。聽他不斷提起醫生的事，看來是因為比安卡不聽從自己的命令而感到不悅。

「但還是該讓醫生看看。」

「這點傷不算什麼。既然要打人，自己也要做好受傷的覺悟。雖然我打到第二下就因為受不了，用了條鞭。」

比安卡看向自己的掌心。伊馮娜用藥草熱敷是有效，但依然紅腫。作為貴族女性生活，身體不需要過於強健，可是她沒想到身體會如此虛弱，只能嘆氣。

話說回來，不知道那個無禮的女僕會受到什麼處罰。比安卡正好想起安特，問起她的懲罰。

「您是怎麼處理那個女僕的？」

「趕出去了。」

比安卡的提問剛說完，扎卡里就果斷地回答。比安卡微微一笑，這是扎卡里做過的事當中，少數讓她滿意的一次。

真的幸好那個女人不是扎卡里的情婦。如果是的話，她應該不會因為這點小事就離開城堡。拔除了眼中釘的安心感，讓比安卡不自覺自言自語地低喃：

「幸好那個女僕不是你的情婦。」

「……妳到底要把情婦掛在嘴邊到什麼時候？」

聽見比安卡自言自語，扎卡里不耐煩地反問，明顯的不悅讓比安卡知道自己闖禍了。

儘管情婦的存在眾所皆知，那也是必須隱瞞的祕密，不能搬到檯面上。那些看似潔身自愛的人一被提到情婦，就像被戳到痛處一般氣得面紅耳赤，渾身發抖。但要是真的如此高尚，一開始不要找情婦就好了，連這一點都沒想過的男人們真是可笑。

總而言之，關於情婦的話題，無論對男人還是女人來說都是敏感的問題。比安卡一再地提起，扎卡里會勃然大怒也不無道理。比安卡坦率地道歉。

CHAPTER✣03.

「如果讓你感到不愉快了，我道歉。」

「妳好像誤會了什麼。」

但比安卡的道歉仍沒有平息扎卡里的煩躁，他黑色的雙眼閃爍著光芒，緊緊握起拳頭，手背上浮現青筋。扎卡里的手大到可以單手遮住比安卡的臉，拳頭也是比安卡的兩顆拳頭大。

雖然知道他不是會打女人的無賴，比安卡還是本能性地泛起雞皮疙瘩並提高戒備，無論如何都無法放鬆。

扎卡里緊握著拳頭，彷彿想將自己說的話刻進比安卡的腦袋，一字一字強調地說：

「我沒有情婦。」

「……什麼？」

聽見意料之外的回答，比安卡眨眨眼。扎卡里不給她整理思緒的時間，大步走近她，鞋跟敲擊地板的聲響充滿壓迫感。

扎卡里的氣勢太過嚇人，比安卡不自覺地後退。但扎卡里沒有停下腳步，像追趕獵物一樣走近她。比安卡一直往後逃，最後背後碰到冰冷的石牆。

「啊……」

被困在牆壁與扎卡里之間，比安卡發出茫然的呻吟。這是被緊張感籠罩的身體做出的本能反應。肩膀瑟瑟發抖，牙齒也不停碰撞，明顯嚇壞了，宛如落水的小老鼠，既卑微又可憐。比安卡在扎卡里黑得發亮的雙眼中看見自己的倒影，咬住下唇。

「……我不知道妳把我當成了什麼流氓。」

如此低喃的扎卡里抬起手，大到足以摀住比安卡整張臉、讓她窒息的手掌，遮住她的視線。比安卡再也不曉得自己是用什麼樣的表情看著他。

視線被遮住後，其他感官變得更敏銳。自己的心跳聲、不停從冰冷身軀上滑落的冷汗、城外呼嘯的風聲、背貼在石牆上的觸感、口水嚥下喉嚨的聲音、濃郁的草香和扎卡里身上混合著金屬的氣味，以及他低沉的嗓音……

「我……不是那麼不知羞恥的男人。」

深吸一口氣的扎卡里的聲音如同乘風消失的樹葉，輕輕飄散。他的樣子平靜且堅定，從容不迫地訴說著事實。如果這是演戲，那比安卡就發現扎卡里·德·阿爾諾的新才能了，但他看起來真的很真誠。

比安卡的雙唇微微顫動。

他為什麼非要跟自己辯解……不，他就像在告解。這時候自己又該怎麼回答呢？說什麼流氓，我從來沒這樣想，也沒有覺得他不知羞恥——要這樣回答嗎？

CHAPTER ✣ 03.

但坦白說，自己真的不曾這麼想過嗎？

比安卡不確定，而且也無法輕易相信扎卡里說自己沒有情婦的話。他有一大堆找情婦的理由，沒道理沒有，反正比安卡不在乎他有沒有情婦，所以沒必要做到那種地步。

比安卡認為已經明確向扎卡里解釋過自己的想法了，但自己一再提到這件事的態度，或許讓他覺得是在嘲諷他，所以才會像這樣迂迴、高尚、優雅地對比安卡表達心中的不快。

比安卡無法完全相信扎卡里的話，但也決定尊重他的意思，結束有關情婦的話題。反正她就算說謊，也會馬上被擅於察言觀色的扎卡里看穿。

「……我知道了。我不會再提起這件事。」

「……哈。」

扎卡里發出的嘆氣聲就像在不滿地咂嘴，充滿著不悅。他的手紋絲不動，但比安卡感受刺上皮膚的銳利空氣，就意識到自己選錯了答案。

啊，他想要的答案應該是比安卡別再提起情婦來煩他，並且聽到「我相信你沒有情婦」這個回答吧。

她吞下口水，舌根僵住。

「妳真的很固執。」

比安卡一句話也說不出口，只能喘著氣。不知道是不想再對話了，還是單方面的通知已經結束，遮住比安卡眼睛的大手悄然離開。

比安卡這才看到扎卡里的臉。面無表情，眼神淡然，平靜無波的模樣就像畫像中的人物，嗓音裡蘊含的憤怒消失得無影無蹤。

難道扎卡里不悅到勃然大怒的情緒是比安卡的錯覺嗎？說不定他只是假裝生氣，為了聽到比安卡說出再也不會提起情婦的回答。

比安卡認為自己遭到了算計，被玩弄的羞憤讓她的耳朵變紅。

就算不演這齣荒唐的戲碼，只要他提出要求，比安卡也會答應啊。因為她的目的只是生下阿爾諾家的繼承人來穩固自己的地位，不打算與扎卡里為敵。

思索了一陣子後，比安卡低聲嘆氣。

啊，扎卡里不相信自己對他沒有敵意這件事啊。這也可以理解，畢竟自從結婚後，她一直對扎卡里表現得相當抗拒。

也是，雖然比安卡突然主動靠近，但他們昨天才有了新的開始。現在剛踏出第一步，所以不用著急。一直以來，彼此在心中刻下的溝壑太深了，不可能一下子就弭平。

CHAPTER ✣ 03.

比安卡想通了，但這令人鬱悶的情況讓胸口揪緊，她咬住下唇。

與十分混亂的比安卡不同，扎卡里得到了想要的回答，往後退一步。

將比安卡逼到牆邊的高大身軀一離開，感覺就像緊閉的窗戶被打開來，空氣暢通無阻。雖然不想表現出放鬆的心情，但還是難以隱藏胸口的細微起伏。

「說不定還會發生什麼事，所以以後妳不要一個人在外走動。居然會讓妳在這裡受傷……」

扎卡里低聲說著，沉穩的表情中充滿了自責。

有什麼好擔心的，還是他擔心的是比安卡受傷會讓她的父親布蘭克福特伯爵抓到把柄？扎卡里明顯認為比安卡會將今天的事一字不漏地向布蘭克福特伯爵告狀。

扎卡里果真不相信自己。雖然是自作自受，比安卡還是忍不住自嘲，雙唇揚起苦笑。

但他叫自己不要一個人走動，是要派人跟著自己的意思嗎？比安卡慢了一拍才意識到扎卡里想說什麼，表情變得僵硬。

伯爵夫人們身邊本來就會時時帶著女僕，但比安卡算是例外。她覺得女僕既煩人又是累贅，不會特地把某位女僕帶在身邊，經常獨自一人外出。反正她也不在意別人，只在城堡裡晃晃而已。

阿爾諾堡就像她的鳥籠。鳥兒在鳥籠裡到處飛翔，不需要刻意繫上繩子吧？

比安卡馬上回應道，希望扎卡里打消這個念頭。

「我一個人行動到現在也沒什麼問題。這裡是你的城堡，只要沒發生像今天這樣的事……」

「不是我的城，是我們的城堡。」

「……」

「總之我會幫妳安排一個護衛，出門都帶著他吧。妳像平常那樣生活就可以了，不會麻煩的。」

竟然要派人跟著我，美其名是護衛，實際上是監視我的眼線吧？我可不要，這樣既礙手礙腳又不自在，這座城裡對我沒有敵意的人可是屈指可數。

比安卡很清楚伊馮娜是個特例。比安卡一點也不想跟總是臉色難看，想盡辦法挑自己毛病的人同進同出。她緊閉著嘴搖搖頭，但扎卡里說的話已是定案，而且十分堅決。

那一刻，一個人影突然浮現在比安卡的腦海裡。她露出燦爛的笑，語氣也上揚，想讓扎卡里拒絕不了自己。

「讓伊馮娜跟著我就可以了。我們也約好明天要一起去散步。」

CHAPTER ✣ 03.

「……是妳剛才提過的女僕嗎？」

「對。」

沒想到伊馮娜這麼快就幫上忙了，比安卡此時此刻打從心底感謝伊馮娜。她的淡綠色瞳孔閃閃發光，嘴角自然地勾起笑容，彷彿悄悄流露出了她的真心。

一看到比安卡的笑容，扎卡里緊抿著嘴，似乎有所不滿。比安卡見狀也尷尬地微笑起來。

安排護衛是為了監視比安卡，讓伊馮娜跟著比安卡應該也沒有意義。畢竟他不是真的擔心比安卡而安排護衛，這答案當然不會讓他滿意。

果不其然，扎卡里否決了比安卡的意見。

「她充其量也只是個女僕，聽我的話。」

扎卡里的語氣就像告知或是命令。他用強硬的語調表達完自己的立場，像不想聽見比安卡反駁，迅速轉過身。他結實的背影毫無遲疑，一副堅決不會改變決定的樣子。

說完這句話，扎卡里就離開了比安卡的房間。

獨自留在房內的比安卡忍不住癱坐在地毯上，或許是不再緊張了，身體虛脫無力。

每次和扎卡里對話都這麼緊張。比安卡苦笑。面對他，自己就會不由自主地像老鼠遇上黃鼠狼，身體本能性地僵住。幸好她的舌頭還能流利說話。

『還以為他來找我有什麼事，結果是為了來告訴我要安排護衛啊。態度這麼強硬，是我今天鬧出的事讓他非常不高興嗎？還是趁機利用今天的事……也許是繼承人的話題引起了他的懷疑，畢竟那些話確實一點也不像「我」會說的話……』

比安卡仍癱坐在地上自言自語，越反覆思索，就越充滿奇妙的信心。

『沒錯，他好像很好奇我是抱著什麼心思說出那些話的。哈，上一世我跟費爾南交往的時候，別說護衛了，他甚至沒想過要監視我，這表示我主動提起繼承人之類的很奇怪啊……』

比安卡噗哧一笑。

好，護衛，好啊，反正我光明正大，他根本不知道我在想什麼，也想像不到這一切是源於讓我重生的神蹟。

或許這反而是一個機會。只要他知道我沒有隱瞞任何把戲，說不定也會欣然接受我。

既然沒有選擇的餘地了，比安卡只能接受並往好處想，相信事情也會有好的結果。

CHAPTER
04.

同床異夢

隔天，扎卡里如約而至，就和預期的一樣，比安卡也平靜地迎接他。但看見了跟在他身後的人們——羅貝爾、加斯帕德、索沃爾——扎卡里的三個副隊長後，她頓時控制不住表情。

看到意想不到的人們出現，比安卡呆愣地眨了眨眼。

她還以為安排護衛只是名義上的理由，頂多只會安排一個普通的騎士，但竟然是副隊長，這個結果完全出乎意料。

不只比安卡無法理解這個情況，副隊長們的表情也毫無生氣。他們似乎已經先經過一番激烈的討論了，看起來筋疲力盡。

只有扎卡里在這個情況下一如既往，他若無其事地點點頭，指向自己身後的三位副隊長。

「他們都是實力出眾的人，選一個吧。」

「……他們不應該為了保護我而浪費時間。」

「保護妳並非浪費時間。」

我想也是。比安卡在心裡嘀咕。

她想盡量擺脫礙手礙腳的監視者，但扎卡里看起來絲毫不打算讓步。比安卡輕嘆一聲，看向站在扎卡里身後的副隊長們，每個人都希望比安卡不要選自己。

CHAPTER ✣ 04.

他們的表情很明顯，不管怎麼看都是被強行拉過來的，顯然根本沒有被成功說服。能深切感受到的敵意讓比安卡露出苦笑。

比安卡的推測是對的。

昨晚，扎卡里緊急召集副隊長們，突如其來的集合命令讓他們丟下工作，匆匆趕往扎卡里的辦公室。

難道是亞拉岡又進犯了嗎？那必須立刻召集軍隊出征才行，明明前天才剛回來……！

副隊長們快步走著，祈禱千萬不是要出征。但等著他們的，是比出征通知更可怕、令人錯愕的消息。

任務竟然是要保護他們那位該死的阿爾諾伯爵夫人，擔任比安卡的護衛！

索沃爾內心燃起抗命的衝動，想大喊「這是什麼意思？」，但一對上扎卡里冷硬的眼神，就把話吞了回去。

加斯帕德跟平常一樣面無表情，像石頭一樣。而曾在比安卡懲罰安特現場的羅貝爾不發一語，察覺到眼前這無異於鬧劇的狀況正與那件事有關。

索沃爾看到其他兩人不表示意見，急得跳腳。他望向兩位同僚的眼神就像在說「你們能理解這個狀況嗎？」。

但又能怎麼樣呢？屁股坐不住的人得自己站起來；嘴巴關不住的人得自己開口，索沃爾看著扎卡里的臉色喃喃地說：

『這是為什麼？反正夫人也只會在城堡裡走動啊。』

『只是在城堡裡走動，就發生了剛才那種事。』

扎卡里的語調平穩，但明顯不悅。藏在他聲音中的怒氣讓副隊長們搞不清楚狀況，也依然低頭大聲回應自己會檢討。

唯一知情的羅貝爾尤其低著頭。這突如其來的護衛任務果然跟剛才的事件有關，羅貝爾端正的臉上沁出冷汗。

扎卡里坐著的座椅扶手刻著象徵阿爾諾家的狼頭，刻得栩栩如生，彷彿隨時都會跳出來，椅背披蓋著藍色天鵝絨，舒適又華麗。

但坐在這張椅子上的人看起來心情非常糟，不斷用指尖輕敲扶手。

『我不是為了看見這種情況才把城堡交給你的，文森特。』

『我會確實約束下人們，不會再發生這種事。』

站在三位副隊長斜前方的文森特深深鞠躬。摸不著頭緒的加斯帕德及索沃爾偷瞄向彼此，只有羅貝爾的視線依舊固定在地面。

索沃爾察覺到羅貝爾知道實情，偷偷戳了一下羅貝爾的腰側，但他緊緊閉著嘴，不發一語。

『她說會帶著一位女僕，但我還是不能放心。』

扎卡里的聲音聽起來很疲憊。

帶著女僕？那個伯爵夫人嗎？

副隊長們皺起眉頭，懷疑自己有沒有聽錯？比安卡總是獨自一人。她似乎真的相信女僕們和自己交談是在高攀她，和她們越親近，自己會變成越來越沒有格調。

但扎卡里的話只說到這裡。完全沒有提到比安卡究竟為什麼需要護衛，又是哪方面讓他不安心，只說了明天被比安卡選中的人將成為她的護衛，接著就揮揮手，下了逐客令。

離開辦公室的副隊長們都嘆了一口氣。直到離開扎卡里的視線，索沃爾和加斯帕德才從羅貝爾口中得知事由，就算覺得不合理想要反對也為時已晚。至少他們知道了自己突然被一腳踹進這淫泥潭的原因，應該感到慶幸吧？

結果就是現在這個局面。

大概比比安卡高出兩個頭，身材高挑的三個男人們都希望比安卡不要選自己，在她面前低下頭。

面對這荒唐的事態，大家都控制不了表情。羅貝爾拚命掩飾不滿與擔憂，索沃爾甚至直接放棄努力，像一頭被拖到屠宰場的豬隻，表情如實表現出了對這狀況的恐懼。

只有加斯帕德「看起來」比較沉著。加斯帕德原本就不太會表現出情緒，包括喜怒哀樂、慌張或驚訝等等。索沃爾和羅貝爾出生以來第一次羨慕加斯帕德跟石頭一樣面無表情。

他們咽下口水，像等待死刑宣告一樣等著比安卡的選擇。這時，女僕伊馮娜來到比安卡的房間。

「夫人，約好要散步的時間……啊，非常抱歉，領主大人……！」

伊馮娜一發現扎卡里就低下頭行禮。扎卡里和比安卡在一起是很罕見的事。

而且其他三位副隊長竟然也齊聚一堂，這裡又不是領主辦公室，為什麼他們會在伯爵夫人的房裡呢？

從各方面來看，這情況無疑都不尋常，脈搏跳動的聲音沿著後頸，傳到伊馮娜的耳邊。

伊馮娜的出現讓比安卡微微笑了。面對不想選擇的難題，站在四個充滿壓迫感的男人之間令她快要窒息了，伊馮娜的出現讓比安卡鬆了一口氣，她用十分溫和的語氣歡迎她。

CHAPTER ✣ 04.

「沒關係，伊馮娜。是我遲到了。我很快就過去，可以等我一下嗎？」

「……是。」

伊馮娜瞪大眼睛，環顧房內一圈。雖然無法客觀理解現在的情形，但整體氣氛不算糟，雖然其中兩位副隊長的表情像被掐著脖子……

至少扎卡里和比安卡都泰然自若的樣子，那就好了。還在擔心他們是為了昨天的事來針對比安卡的伊馮娜放下了心。

大家都對伊馮娜的出現感到意外。竟然有女僕會對「那個」比安卡好聲好氣地說話！接著他們發現伊馮娜就是昨天扎卡里提到的「那個女僕」。

不過，讓他們更加驚訝的是比安卡回應了那個女僕，而且語氣親切極了，還帶著微笑！

比安卡的笑容非常細微，卻足以讓周遭的人們感覺到不對勁。驚訝的副隊長們不敢相信自己眼前的畫面，只能不斷眨眼。

換作以往，她連假裝聽女僕說話都不願意，可是她確實說了「沒關係」。有人聽她親口說過「沒關係」這句話嗎？三名副隊長搖搖頭，連一次也沒有。

不管他們是否感到困惑，比安卡都不在意，因為她也非常困惑。當扎卡利親自將三位副隊長送到自己面前時，就表示他不打算退讓，無論如何都要做出選擇，而且伊馮娜也在等。

反正是必須選擇的問題，那還是速戰速決比較好。比安卡輕嘆一口氣，為了說話而張開嘴。

就在這時，有一個人搶先比安卡一拍開口。

「我來。」

低沉的嗓音響起，宛如用槌子敲上鍋子，發出深沉的共鳴。比安卡看向開口的人。那個男人自從進入這個房間就是一副冷淡的表情，像是一座山或石牆矗立著。

他的神情依然跟石頭一樣毫無感情，但仔細觀察的話，能發現那張被陽光曬得黝黑的臉微微泛紅。石頭般的男人加斯帕德緩慢而堅定地說：

「我來擔任夫人的護衛。」

「加斯帕德，你嗎？」

「我還以為今年也聽不到你說任何笑話……但你看看現在的狀況，現在不是開玩笑的時候啦。」

「……」

羅貝爾和索沃爾似乎非常吃驚，激動地追問。索沃爾剛才默不作聲的模樣彷彿是個假象，一直叫他不要開玩笑。

CHAPTER ✣ 04.

不敢相信加斯帕德是真的想擔任護衛。

擔任夫人的護衛絕非是能讓人欣然接受的任務，無論做什麼肯定都要看臉色，無時無刻被無視，還得獨自吞下麻煩的差事。

即使安特做出了逾矩的事，以她直接親手賞巴掌的脾氣看來，顯然不是好欺負的人。

不理會同僚們的擔心，加斯帕德默默地搖頭。就算他們叫自己不要開玩笑，羅貝爾和索沃爾也不打算出面。而且加斯帕德有一個必須當上比安卡護衛的理由……

加斯帕德抬頭看向扎卡里，扎卡里也望著加斯帕德。兩個男人的視線沉默地在空中碰撞。

扎卡里看向自願擔任妻子護衛的忠心部下，他的眼神過於平靜，黑色雙眸正在探究加斯帕德的想法，他為什麼會自願擔任護衛。

加斯帕德清楚感受到了扎卡里的意圖，卻開不了口。那有辱鐵壁騎士的威名，他實在沒有勇氣說出口，只能悄悄瞥向比安卡。

比安卡察覺到事情的發展，她聳聳肩，在沉重的氣氛中，只有她的聲音輕快爽朗。

「加斯帕德爵士的話，我也可以接受。」

「……真的沒問題？」

扎卡里皺起眉。明明是他本人強行安排護衛到比安卡身邊，但一旦確定護衛人選是加斯帕德後，卻不太高興的樣子，是因為他不合適什麼任務嗎？但站在比安卡的立場，加斯帕德是值得喜迎的人選。

在比安卡眼裡的加斯帕德一直是沉默寡言的男人。雖然無法知道他心裡真實的想法，但光是沉默寡言這個條件就令她滿意許多。身形魁梧的加斯帕德極為顯眼，不可能裝作沒看到，可至少他不會用說話來展現存在感。

既然是監視者，選一個比較不麻煩的人比較好。若是把虛偽的羅貝爾或無禮的索沃爾放在身邊，光是想想就覺得可怕。就算加斯帕德沒有自願擔任，比安卡還是會選他。比安卡微微一笑，表示自己對這個結果沒有不滿。

「對，畢竟他不吵。」

「……」

扎卡里沒有回答，似乎無法接受，就那樣看著比安卡好一陣子，像要搞清楚什麼。

如果不滿就直說啊，真搞不懂扎卡里究竟想要哪種答案。比安卡微微上揚的嘴角在尷尬的沉默中微微抽搐。

CHAPTER ✢ 04.

總之監視者，不，護衛已經選好了，現在應該可以離開這個讓人不自在的地方了吧。比安卡受不了這個氣氛，率先從座位上站起身。

「那我先走了。」

比安卡迅速打完招呼後離開，伊馮娜也跟扎卡里行禮，之後追上她。

扎卡里注視著比安卡消失的纖細背影，對加斯帕德輕抬了抬下巴。加斯帕德明白主人這是要他跟上去的意思，因此有節制地行禮後，也追上比安卡，他喀啦喀啦的腳步聲跟著比安卡逐漸遠去。

房間的主人離開了，男人們在這裡久留也不合禮節。扎卡里、羅貝爾與索沃爾立即走出房門，他們有自己該做的事。

他們來到扎卡里的辦公室，文森特正拿著需要請扎卡里審閱的文件在辦公室等候，迎接他們。

「看來是由加斯帕德擔任護衛呢。」

「加斯帕德適合嗎……？」

「他不知變通，或許會惹怒夫人。」

護衛對象是本就以刻薄聞名的伯爵夫人。對這輩子與女人完全無緣的加斯帕德來說，難度太高了吧？羅貝爾及索沃爾先後表示擔憂。

扎卡里靜靜聽著部下們說話，走到書桌旁輕笑。

「話雖這麼說，但你們也不打算接替他啊。」

「……」

「加斯帕德會做得很好的。因為他主動出面去做的事，從來沒讓我失望過。」

扎卡里嘴上為加斯帕德說話，眼神卻很犀利。索沃爾和羅貝爾不確定這是在譴責他們沒有出面，還是對加斯帕德自告奮勇感到不悅，只能閉上嘴，低頭看向地板。

文森特為扎卡里拉開座椅，他卻沒有坐下，而是瞥向窗外。從他的辦公室可以看到比安卡經常走動的庭園。果然看到了比安卡穿著厚實的衣服走出城堡，可以清楚看見從她嘴裡呼出的白色氣息化作霧氣。

「……您究竟在想什麼呢，伯爵大人？竟然為夫人安排護衛……當然，在領地也會發生什麼事，但不需要刻意安排副隊長等級的人在她身邊。加斯帕德這次也有要完成的職務……」

羅貝爾鼓起勇氣發問，而扎卡里望著比安卡的身影消失在庭園林木中，平靜地回道：

「反正今年冬天也沒有出兵計畫。」

CHAPTER✣04.

「是這樣沒錯。」

「明年春天我們還得去一趟首都。」

「是的，副隊長們也必須一起前往首都，所以……」

那麼加斯帕德當然也得一起前往首都，比安卡的護衛工作也將隨之結束。只有今年冬天，在如此短暫的期間裡，羅貝爾不明白讓副隊長擔任護衛的理由。

此時，一個念頭忽然閃過羅貝爾的腦袋。

「難道……」

羅貝爾不可置信地呢喃。

不可能，這不像話……

但看扎卡里淡然的表情，他心中湧上一股不安，自己想的好像是對的。索沃爾似乎還沒了解情況，眨著眼不明白羅貝爾為什麼反應這麼大。羅貝爾吞下口水，小心地問道：

「您打算帶夫人去嗎？」

「畢竟下次去首都，無論如何都必須停留半年左右。」

「但是……」

扎卡里理所當然的回答讓羅貝爾變得支支吾吾。

後知後覺的索沃爾露出驚愕的表情。

扎卡里剛才居然說要帶比安卡一起去首都！文森特似乎早就知道了，一臉平靜。

不是，如果有這種打算，應該再早一點跟我們說啊！

現在終於知道扎卡里非得讓副隊長擔任比安卡護衛的原因了。要在王城內自由行動，就必須有一定的爵位，而在危機四伏的首都，具有實力保護比安卡的騎士屈指可數，所以提早安排護衛待在她身邊，讓彼此早點熟悉。

簡單來說，現在安排的護衛明年得在首都保護比安卡。

加斯帕德知曉這件事嗎？當然不曉得。

羅貝爾和索沃爾發出遺憾的嘆息。

說到底，比安卡想不想去首都都還不曉得。他們所知的伯爵夫人總是窩在阿爾諾堡的房間裡，彷彿那裡是世界的中心。

解決一個問題，又有了另一個問題。

不是，只要和平常一樣放任她不管就好了，為什麼突然要替她安排護衛，還要帶她去首都？

這肯定會發生許多麻煩又不愉快的事，連她能不能忍受前往首都的路途都不知

CHAPTER ✢ 04.

道。不管怎麼想，扎卡里的決定都充滿了謎團。

最近的他很奇怪。準確來說，是這次返回阿爾諾堡之後。平時的扎卡里應該不會插手安特的事。他非常相信文森特，關於下人的問題都全權交由他負責。

但這次不僅要求文森特請醫生來，還要求別讓城堡裡那麼吵鬧，除了親自干涉這些事，現在還突然說要帶比安卡去首都……

雖然很明顯是因為比安卡的關係，但完全看不透其根本的情感是好意還是惡意。乍看之下比較接近好意……但這股「好意」究竟為什麼會突然湧現呢？他們不是已經結婚九年了嗎？

九年，今年就是十年了。人說十年足以改變江山，這段時間兩人之間發生了很多事。

自從比安卡第一次來到阿爾諾堡，扎卡里曾溫柔地去探望比安卡大約三年，但是一次又一次受到比安卡拒絕與冷落，他也感到疲憊，最後演變成不再踏進比安卡的房間的陌生關係。

三名副隊長和文森特親眼看到了整個過程，看這對夫妻的關係如何從搖搖欲墜到分崩離析，而扎卡里受到比安卡如何對待。

扎卡里從戰場歸來也不曾主動來找他，偶爾和扎卡里一起用餐會不悅地擺臉色，也不管和坐在對面的人會不會被影響食欲，一言不發地切著肉。倚仗娘家家族的威望，自然而然地把丈夫踩在腳下，是絕對不會想娶回家當妻子的女人。

假如是結婚時的阿爾諾男爵還不好說，但扎卡里現在是伯爵，是戰爭英雄、大王子最鋒利的長槍及護盾，獲得鐵血騎士的美稱。考慮到與布蘭克福特家的政治利益，雖然不能和比安卡離婚，不過要約束她的日常生活完全不成問題。

即使布蘭克福特家有可能會認為家人受到怠慢而大發雷霆，但對方也會顧及政治利益，不會過度反彈，更何況起因不就是自己女兒不明事理的行為嗎？

然而，扎卡里卻放任她不管。不僅沒有奪走她的經濟裁決權，更下了要滿足她所有要求的命令。

總而言之，扎卡里和比安卡之間就是一團理不清的亂麻。這可以歸咎於比安卡的個性本來就很差勁，但他們不懂主人扎卡里究竟為什麼會變成這樣。

想到要帶比安卡前往首都，今天的早餐都要吐出來了。羅貝爾勉強擠出笑容，悄聲詢問扎卡里的心意。

「伯爵大人，我可以問您為何突然想這麼做嗎……」

「我也不能把她一個人留在城堡裡。我們這次去首都，不是又要讓她獨自度過半年嗎？」

「……」

以前不都是這樣嗎？我反倒覺得夫人不希望見到您啊。羅貝爾在心中抱怨了一番，當然，他知道不能說出口。

羅貝爾安靜下來後，換索沃爾結結巴巴地開口：

「那個……是夫人說不想自己一個人嗎？」

「她是沒說過那種話。」

我想也是，當然是這樣……索沃爾無法說出口的話在嘴裡迴盪。扎卡里無視心不甘情不願的部下們，自顧自地說下去。

「我回來的那天，她有來找我。」

「對對，是這樣沒錯。」

「我本來很疑惑她有什麼事，結果她提出一個令人不敢相信的提議。」

「什麼提議……」

「……」

這次換扎卡里沉默了。他緊閉著嘴，凝視著書桌一角，顯然不是很想回答。

是什麼提議呢？就在羅貝爾和索沃爾活動腦袋，發揮想像力時，在一旁靜靜聽著的文森特大聲咳了一聲，介入他們的話題。

「夫人確實說了『是對阿爾諾家最重要的事』這句話。」

對阿爾諾家最重要的事，還是由比安卡提出的……說到她必須親自向扎卡里提出的重要提議，那答案很明顯。一想到答案，索沃爾立刻問道：

「她說要跟您離婚嗎？」

「什麼？」

索沃爾的話音剛落，扎卡里立刻皺起眉頭，像在問他這是什麼不像話的話？扎卡里強烈的反應讓索沃爾感覺到皮膚陣陣刺痛，下頦冒出冷汗。如果不是離婚……

「……還是她不想擁有繼承人？」

「不，都不是。」

扎卡里無奈地大笑起來，搖了搖頭。不願意擁有繼承人？答案恰好相反，那才是問題所在。

只有否認，卻不解釋這件事的來龍去脈。索沃爾和羅貝爾鬱悶得想搥胸。

「那到底是……」

「……」

CHAPTER ✣ 04.

扎卡里想講什麼，卻再次閉上嘴，滿臉通紅。

看來是很不合理的提議，甚至讓不會輕易顯露於色的扎卡里氣到漲紅了臉。他們的本能警告自己不能再繼續深究這件事，不想碰到上司逆鱗的他們看著上司的臉色，不再深入追問。

扎卡里的指尖敲著桌面，自言自語似的呢喃。

「總之她有一些想法。問題是那是她自己的想法，卻不肯解釋她為什麼會那麼想。」

羅貝爾和索沃爾聽見扎卡里的話，氣得想吐出怒火。他們平常不認同夫唱婦隨這句話，但聽到扎卡里剛才提到的情況，就覺得他們夫妻倆簡直一模一樣。

現在就是你只顧著自己想，卻不解釋緣由，不知道讓我們有多痛苦啊！

沒有察覺到自己也一樣的扎卡里深嘆一口氣。

「……她好像以為我可能會拋棄她。」

「什麼？這麼突然嗎？夫人收到了布蘭克福特家寄來的書信嗎？」

「沒有那回事。」

文森特回答了羅貝爾的提問。他一一列舉出扎卡里離開城堡出征的期間，比安卡過著怎樣的生活。

「夫人就像以往一樣，替換房裡的家具、訂購掛布、命令我找來她想要的白狐皮草、抱怨菜單不合胃口、不和人接觸。」

真是了不起。丈夫在外出生入死，妻子卻完全不在意，竟然還有心思過著悠閒奢侈的生活。這不是神經特別大條，就是一點都不在乎丈夫吧，而伯爵夫人當然是後者。

滔滔不絕地細數比安卡行跡的文森特，下一秒卻突然不發一語，陷入沉思。他默默地回想記憶後，想起一件一直鯁在心頭的往事。

「……但是中間有件奇怪的事。」

「什麼事？」

扎卡里第一次聽說這件事，驚訝地看向文森特。

這不是件小事卻忘得一乾二淨，居然現在才想起如此重要的事，文森特自責得冒出汗水。

「夫人問過我領主大人在哪裡。」

「看來她連我們出去打仗了都不知道，真是厲害。」

太過荒謬，索沃爾甚至忘了扎卡里也在就嘲諷比安卡。文森特或扎卡里平時應該都會叫他注意無禮的言行，但現在他們沒有多餘的心思理會索沃爾的態度。文森特在扎卡里催促的眼神中回想這件事。

「她這樣悶之前，曾把房門鎖上，關在裡面好一陣子。我以為那就像以往一樣，是她隨興而為，沒有想太多就沒理會……但現在回想起來，似乎就是從那時候開始有些不對勁。」

「那是什麼時候？」

「大約是初秋的時候。」

「我是出於信任，把這座城堡全權交給你……」

「非常抱歉，是我疏忽了。是我的錯。」

文森特深深鞠躬。扎卡里問過好幾次比安卡是否發生過什麼事，卻一直沒想起這件事確實是文森特的錯。看來他也上了年紀，記憶力衰退了。文森特責怪著自己。

不過扎卡里似乎不太在意文森特沒匯報的事。他十分自責地嘆了一口氣，擔憂地吩咐：

「下次我不在的時候，她又把自己鎖在房裡足不出戶，你就強行把門打開，要用我的名義也可以，知道嗎？誰也不知道她在房裡會發生什麼事……她是不太會表現出不適的人，如果讓她一個人忍受不適就糟了。」

「……是，我會銘記在心。」

扎卡里擔心的單純是比安卡的健康，還是擔心象徵自己與布蘭克福特家有所關聯的女人發生了什麼意外？在場三人的腦中都一片混亂。

即使文森特已經答應下來了，扎卡里上去還是無法安心，臉上一片鬱色，手指再次敲著書桌。

「那麼，在她把自己鎖在房裡之前，沒有發生什麼事嗎？」

「是，不管怎麼回想……真的都沒有發生特別的事了。」

文森特仔細反覆回想，無論怎麼想都毫無頭緒。

夫人鎖在房裡的那天發生了什麼事呢？直到剛剛還想不起來的部分，經過慢慢梳理，記憶中的線索一一浮現在腦中。

那天夫人很晚起床，以不合胃口為由沒用餐，散步回來之後睡了午覺……然後突然把自己鎖在房裡，大喊大叫。

文森特知道夫人平時很安靜，且注重貴族的格調，這不像她會做的事，但他當時將這些事當成她只是喜怒無常，沒有放在心上。準確來說更像是不以為意，畢竟他不是閒來無事，能配合她的脾氣。

總之，文森特可以確認的是在她突然關在房裡之前，一切都跟平常一樣。

CHAPTER ✣ 04.

但扎卡里不相信文森特說的「沒有發生特別的事」。

怎麼可能毫無來由地突然關在房裡，又提議說要生下繼承人……？這根本說不通。一定有某個引起這些事的關鍵事件，只是文森特沒有發現而已。

「沒發生什麼事卻突然那樣想？是誰對她說了不該說的話嗎……？」

「但夫人總是獨來獨往。」

「那看來是她孤單一人，才有那種荒謬的想法吧。」

即使文森特中途插話，扎卡里也只聳聳肩回應。

以前扎卡里對於比安卡只會說一句「她想要什麼都答應她」，隨意帶過，從不曾深入探究。這樣的他竟然執著地追問到這個地步，伯爵夫人究竟是提出了多麼荒謬的提議？

在一旁聽著文森特和扎卡里對話的羅貝爾冷汗直流，所以最後的結論是……

「所、所以您要帶夫人去首都嗎？」

「我是這樣打算的。因為她喜歡藝術品跟家具，應該也喜歡去首都。如果讓她盡情地買所有想買的東西，心情應該會好一點。」

只要讓她盡情選購喜歡的東西，比安卡應該就會明白扎卡里可能拋棄自己的想法只是錯覺。扎卡里長嘆了一口氣，沉沉靠上椅背，似乎對自己做出的決定很滿意。

但在場這麼想的人只有扎卡里。文森特、羅貝爾，甚至是不識相的索沃爾都認為扎卡里的想法難以接受。「這是伯爵大人的錯覺吧？」這句話都湧上喉頭了，但所有人都知道不能說出口。

首都之旅？這絕對不是伯爵夫人會喜歡的安排。要是比安卡本來就想去首都旅遊，那不管扎卡里是不是在打仗，她早就自己召集人力過去了。

可是她到現在都沒有這麼做過，連比首都還近的布蘭克福特家也沒去過。換句話說，她對離開城堡這件事一點興趣也沒有！

猶豫再三，索沃爾不經意地提議：

「直接向夫人說明會比較好吧？夫人也有可能不想去首都。」

「……她可能不太喜歡嗎？」

扎卡里聽完索沃爾的提議後，咂嘴一聲，似乎完全沒想到這件事。扎卡里胡亂地抓了抓頭，銀灰色髮絲在他的指間散亂開來，他長嘆一口氣。

「也是，要看著我長達半年，她可能不願意。」

「不，我不是這個意思……」

索沃爾尷尬地笑著安慰扎卡里，但因為這句話毫無真心，說得含糊不清，嘴角微微顫抖。扎卡里不聽索沃爾的解釋，喃喃地說：

CHAPTER ✢ 04.

「果然得問看看她……」

「這樣比較好。萬一在首都被其他貴族抓住把柄就麻煩了，夫人也不可能顧及到伯爵大人的面子……」

羅貝爾立刻補充道。即使世人都知道他們是政治聯姻，也沒有必要明顯對外表現出夫妻關係不睦的一面，如果至少能在宴會場合或其他貴族面前裝作琴瑟和鳴的樣子就好了，但比安卡不是那種女人。坦白說，羅貝爾心裡堅決反對和比安卡一起去首都。

但他心思太明顯了，最後一句話透露出對比安卡的敵意，使扎卡里眼中閃過銳利的光，表情嚴肅地斷然斥責羅貝爾。

「羅貝爾。」

「……我失言了。」

羅貝爾迅速彎腰。平常他都不會在扎卡里面前非難比安卡，但最近因為安特事件和比安卡當面對峙後，無法克制對她的不滿。

那件事確實是那位女僕的錯，但他也無法認同她用力朝對方臉上揮下條鞭的行為。雖然她是伯爵夫人，沒有不支持她的理由，可是一旦感到反感就很難忽視她的所作所為。

「我很信任你們，羅貝爾。所以我也希望你們的每句話、每個行為，都別辜負我的信任。」

「……是。」

羅貝爾緩緩回應。自己輔佐扎卡里的時間，比扎卡里跟比安卡結婚的時間還長。長久以來，他在戰場上守護扎卡里的背後，作為他的利劍，任何骯髒的差事都願意去做。如今卻因為比安卡失去了扎卡里的信任，這豈不是很可笑！

如果比安卡是像樣的領主妻子就另當別論，但她是頂著領主妻子的名義，將所有事務推給文森特，還揮霍無度的女人不是嗎？羅貝爾的表情因沉痛而扭曲。

『羅貝爾那傢伙總是非得多嘴惹人嫌啊。』

索沃爾咂嘴一聲。加斯帕德是連該說的話都不講，羅貝爾則會因為擔心扎卡里而多嘴，果然還是我最好了。索沃爾在心中自吹自擂。

反正扎卡里不怎麼聽別人的話。雖然會將必要的建言記在心裡，但已經決定好的事就會自顧自地一意孤行，是獨裁專行的個性。或許就是因為他的主見那麼強烈，才會不顧父親要他成為修道士的遺言，逃出來當流浪騎士。

而連這樣的扎卡里也贏不了的，就是比安卡的固執。他們這些家臣終究無法改變這件事，最後不是比安卡堅持拒絕出遊，就是依照扎卡里的命令帶她去首都，

CHAPTER ✣ 04.

不管他們說什麼都沒用。

索沃爾嘆了一口氣，光想就覺得麻煩。她肯定會抱怨馬車太晃了、有沒有午茶時間、不喜歡旅館的寢具等等。

她七歲剛嫁來的時候反倒比較嬌小可愛。雖然現在也一樣嬌小，但現在的她已經十六歲了，個性原本就挑剔敏感的女人到了更敏感的年紀。

沒錯，比安卡十六歲了，這是蛻變為女人的年紀，也是足以懷上孩子的……

對了！繼承人！

索沃爾不禁「啪」地拍了一下手掌，三雙眼睛都望向他。

「你怎麼了，索沃爾？」

「啊？沒事，哈哈……想到要帶夫人去首都，我就充滿了熱情。想鼓起幹勁，所以為自己打氣一下！」

羅貝爾驚愕地看向索沃爾，像在問他是不是瘋了。扎卡里看起來也不怎麼相信索沃爾的話，濃眉之間更多出一條皺紋。索沃爾尷尬地「哈哈哈、哈哈哈……」地笑著。雖然知道他們不會相信，但為了擺脫這個窘境，他也沒辦法。

或許是索沃爾裝傻的模樣十分有趣，扎卡里笑了出來，稍微緩解因為羅貝爾說錯話而造成的沉重氣氛。扎卡里搖搖頭說：

「既然你這麼有幹勁，我也不能當作沒看見。反正現在加斯帕德去擔任比安卡的護衛了，他原本負責的工作就必須由你們分擔。加斯帕德負責的工作是……」

「兵哨站修整及馬匹管理。」

「好，那馬匹管理交給索沃爾，兵哨站修整就交給羅貝爾。」

「是，遵命！」

羅貝爾和索沃爾緊閉雙眼，大聲回應。本來以為今年冬天可以好好休息一下，現在看來是沒辦法了。兩位副隊長吞下嘆息。

即使如此，還是比加斯帕德好吧？用這個理由安慰自己，才能讓煩躁的心平復下來。

「那你們去忙吧。交接的相關事項我會另外指示加斯帕德。」

扎卡里下了逐客令，羅貝爾與索沃爾走出扎卡里的辦公室。工作突然增加，兩人的思緒不寧，腳步彷彿有千斤重。

尤其是羅貝爾，他似乎很在意剛才失言而遭到扎卡里斥責的事，愁眉苦臉地抱怨著什麼。

索沃爾又咂嘴一聲，這是自作自受。不管扎卡里和比安卡的關係多疏離，哪有丈夫喜歡聽別人在自己面前說妻子的壞話？羅貝爾平常總是一副自命不凡的樣子，

CHAPTER ✣ 04.

這次確實太輕率了。索沃爾瞥向羅貝爾。

「你這是何苦呢？」

「你是在火上加油嗎？」

索沃爾白目地戳上羅貝爾的痛處，惹得他大發雷霆。響亮的聲音在走廊上迴盪，索沃爾和羅貝爾嚇得縮起肩膀，回頭看向扎卡里辦公室緊閉的大門。

仔細聽了聽辦公室裡的動靜，沒聽到任何聲音，羅貝爾和索沃爾才放下心，加快腳步遠離扎卡里的辦公室。

離辦公室有一定的距離後，索沃爾咂嘴一聲。

「嚇死我了。」

「對，都是我的錯，是我的錯。說了不該說的話是我的錯，大吼大叫也是我的錯。」

「知道就好。」

「……」

聽到索沃爾白目的回答，羅貝爾煩躁地踢著地板。再挖苦下去，羅貝爾可能會爆發，因此索沃爾看著大步往前走的羅貝爾，委婉地說：

「我知道你不喜歡夫人，但不能表現得太明顯，尤其是在伯爵大人面前。」

「真的很奇怪。因為喜歡藝術品或家具，也會喜歡去首都？讓她買下所有想要的東西，心情就會變好？為什麼伯爵大人非得看夫人的臉色啊？老實說，現在是伯爵大人看夫人臉色的時候嗎？是夫人該討好伯爵大人啊！」

羅貝爾氣得氣喘吁吁，不曉得有多激動，端正的面容變得面紅耳赤，黑色頭髮散亂，蓋住了眉眼。索沃爾看著羅貝爾這副模樣，輕輕咂嘴。

若是平時熟識羅貝爾及索沃爾的人，可能會眨眨眼睛，懷疑這兩個人是不是對調了。

羅貝爾是男爵世家三兒子，長相端正又有適當的禮節，索沃爾則是自由民出身，與禮儀、規矩沾不上邊，是個冒失鬼。

羅貝爾雖然是男爵家的三兒子，但也受過一定程度的教育，在扎卡里的三名副隊長中，是最見多識廣的知識分子，與自由民無從比較。不過，他也相對地最不知變通、固執死板，情緒激動時也會有點失控。

相反的，索沃爾總是因為輕浮的言行被認為個格衝動，但要讓他發火的條件卻很高。他不會察言觀色，但本能的直覺特別敏銳，像鬼一樣清楚知道什麼時候該出手，在關鍵時刻也展現出冷靜的一面。

索沃爾當然也不喜歡比安卡的行為，但他不想和羅貝爾一樣臉紅脖子粗地評頭論足，畢竟那是逾矩的行為。

羅貝爾有時會因為對扎卡里過於忠誠而反應過度，或許是因為兩人同為貴族出身，又因為不是長子而被迫離開家族，對這股悲哀有所共鳴。

但羅貝爾也必須認清現實。他們只是家臣，不是扎卡里的親生兄弟。索沃爾輕拍羅貝爾的肩膀說道：

「你比我還要敏銳，居然沒察覺這件事真是稀奇。你真的不知道嗎？」

「什麼意思？」

羅貝爾惱怒地反問，看起來不太想深思，只是提到比安卡就不分青紅皂白地露出厭惡的表情。索沃爾嘆了口氣，慢條斯理地回答：

「差不多是需要繼承人的時候了啊。」

「什麼？」

「伯爵大人不停參與戰爭，阿爾諾家卻沒有一個繼承人，當然會感到不安。再加上夫人已經十六歲了，到現在伯爵大人都是用年幼為藉口，一再推遲初夜，但十六歲的話綽綽有餘了。」

「……」

羅貝爾像被槌子重擊一般頭昏腦脹，難以置信地搖搖頭，不斷反覆看著索沃爾，又看向位於自己走來的道路盡頭的扎卡里辦公室。

索沃爾的話，客觀來說沒有任何不合理，但在羅貝爾耳裡就像只是把單字羅列出來，讓他很難理解。

羅貝爾一再思索沃爾的話，支吾問道：

「所以說，現在伯爵大人站在夫人那邊，打算帶她去首都，不管要買家具還是什麼都無所謂，都為了讓夫人懷上繼承人？」

「是啊，她畢竟是阿爾諾家的女主人，必須生下繼承人啊。就算讓別人生，也只是私生子。」

「……」

索沃爾不以為然地回答。

雖然他說的都是事實，但對阿爾諾堡而言是完全無法想像的事。

夫人懷上伯爵大人的孩子？「那個」夫人？

只見羅貝爾的嘴唇一開一闔，遲遲說不出話。

「哎呀……伯爵大人好像也不是為了討好夫人才特意帶她去首都的……播種一兩次就會懷上孩子嗎？要一直待在身邊才行啊，而且有了繼承人，夫人說不定也會改變吧？也會關心領地，畢竟那是日後會留給自己孩子的領地。」

索沃爾聳聳肩，用有些輕浮的口氣評論上司的私事。平常的羅貝爾應該會說他逾矩了，但現在的他沒有那分心思。

「總而言之，說話小心點，收斂一下衝動的個性。雖然他們兩位的關係至今都很疏遠，但以後還是必須一起生活，當面聽到別人批評自己的妻子，任誰都會不開心，而且從各方面來說，她也是我們下一位主君的母親。」

「啊……」

羅貝爾長嘆一口氣，似乎真的很反感。但索沃爾說得沒錯，扎卡里已經二十九歲，早就到了該擁有繼承人的年紀。

阿爾諾家的勢力仍不穩固，他們是靠戰爭樹立威望的貴族。在這連地基都尚未修築好的狀態下，沒辦法拒絕戰事。

也就是說，他們的宿命就是未來也得在戰場上打滾。至少要持續到他們擁護的大王子成為下屆國王，坐穩王位為止。

既然要經常出征危險的戰場，盡早確定繼承人確實是對阿爾諾家未來有益的決定，也是讓家臣們安心的決定。

自己作夢也沒想到扎卡里已經顧慮到這些了，羅貝爾感動得哽咽。生孩子明明是妻子的義務，他卻為了讓她盡到理所應當的義務，做到這種地步……

羅貝爾和索沃爾了不起地看透了扎卡里的真實想法，但扎卡里之前才以「荒謬」為由，拒絕了比安卡想生下繼承人的提議。

而且，他們不知道比安卡本人對兩人口中說的，扎卡里充滿「好意」的行為十分戒備。

＊　＊　＊

一大早就和那麼多人說話，比安卡的頭隱隱作痛。在自己的世界獨處太久，光是和別人交談就使她體力急速下降，而當對方是會讓她做出不像自己的反常行為的人時，更是如此。

雖然還沒到要討好扎卡里的地步，比安卡還是想盡可能與他維持友好關係。而且，她很清楚為了建立起友好關係，需要多少克制自己的脾氣，因此盡自己最大的努力不對監視一事表露不滿。

何況又不是和扎卡里兩人獨處，他的部下們都在一旁看著。在家臣們面前被妻子搞得顏面盡失，即使是扎卡里也可能大發雷霆。所以比安卡盡力不多說什麼，迅速確定由加斯帕德擔任護衛後趕快離開。

CHAPTER ✢ 04.

一直來到走廊，才得到一些喘息的空間。比安卡快步走著，彷彿想甩開暈眩的感覺。

跟在比安卡身後的伊馮娜機靈地察覺到比安卡的臉色不好，小心地問：

「夫人，您沒事吧？」

「沒事，到外面吹吹風應該會好一點。」

比安卡優雅地搖搖頭，手放在額頭上。伊馮娜看出她眼底的疲憊，馬上說：

「外面很冷，我去拿手套、外套和手爐過來，請您稍等一下。」

「也對。」

由於她還沒有做好外出的準備就匆匆離開房間，身上的衣物有點單薄，寒意讓比安卡的上手臂泛起雞皮疙瘩，因此對於伊馮娜機靈的提議，她欣然接受了。伊馮娜沒有前往扎卡里和其他副隊長可能還在的會客室，而是快步走向放有比安卡衣物的寢室。

獨自留在原地的比安卡抱起手臂，胡普蘭衫特有的寬大袖口多少能擋住指尖的寒意。

胡普蘭衫與首都的流行相比有些過時了，但比安卡穿的款式十分高級，反而充滿古典氣質，而非俗氣。

高高立起到耳下的領子環繞著如白鹿般細長的頸部，蓬鬆的布料完美包覆住苗條的身材，形成自然的皺褶。衣緣有毛皮滾邊，從領口到胸前裝飾著珠寶及刺繡，刻工精細的金飾腰帶垂在她的骨盆上方。

比安卡等待伊馮娜時，身後傳來男人大步走來的腳步聲。是加斯帕德。

「……」

比安卡瞥了他一眼，但沒有向他搭話。加斯帕德似乎也有所預料，默默地站在她身後。

走廊瀰漫著奇妙的沉默。下一刻，寒風透過石牆縫隙吹進來，吹起比安卡的裙角。

加斯帕德一如預想，是個沉默寡言的男人，毫無反應反而讓人不悅。緊閉的雙唇、結實的下顎線條、高壯的身軀，有如烏雲籠罩的深灰色頭髮，以及如夜空般的藍色瞳孔，給人一股深沉感。

他絕對不是好相處的人，更不是看了一眼後能忽視、毫無存在感的人，比安卡難以像一開始計畫的那樣假裝他不在。她望著窗外，只希望伊馮娜趕快回來。但如果連手爐都要拿來，就應該需要一段時間。

比安卡嘆了口氣，同時看向加斯帕德，對方的藍色眼睛也直盯著比安卡。

CHAPTER ✣ 04.

既然從現在開始都要隨伺在側，互相了解彼此內心的想法應該會有幫助，儘管只有比安卡一個人這麼認為。她緩緩開口。

「我不知道你為什麼會自告奮勇。這應該不是什麼愉快的事。」

「……」

「坦白說，你自願擔任也讓我鬆了一口氣，我也不想讓一個像被強行拖進屠宰場的牛一樣的人待在身邊。」

不管說什麼，都是比安卡在自言自語。要不是他眨著藍眼，像在回應她的話，比安卡可能連他有沒有在聽都無法確定。反正比安卡也不是為了聽到回答才說這些的，說完自己想說的話後，她像在表示「現在沒事了」，對加斯帕德擺擺手。

「……我很慶幸。」

夫人願意接受我。加斯帕德低喃。

他說話的聲音與他的存在感相比渺小至極，只是淡淡地飄散著。

沒有想到加斯帕德會回應的比安卡嚇了一跳，但她極力掩飾這個反應，悄悄轉頭看向加斯帕德。

但加斯帕德再次緊閉著嘴，比安卡只能看到跟剛才一樣冷靜的他。

究竟有什麼好慶幸的？摸不著頭緒的比安卡正想開口詢問原因，伊馮娜剛好帶著像山一樣多的皮草和各種裝備，匆匆跑來。比安卡沒有對加斯帕德追問想知道的事，轉頭迎接伊馮娜。

「夫人，很冷吧？我拿外套來了……！」

伊馮娜滿臉笑容，捧著比安卡的衣服走近。她可能是這座城堡裡唯一對自己懷有善意的人。看著伊馮娜麥穗色的頭髮上反射冬日的陽光，心裡一角溫暖起來。

伊馮娜看見站在比安卡斜後方的加斯帕德，臉上燦爛的笑容立刻僵住，不自覺地表現出不知該如何對待加斯帕德的尷尬。比安卡對她尷尬的心情深有同感，但她假裝沒看到，催促著伊馮娜。

「嗯，快過來吧，果然有點冷。」

「您今天穿著紅色胡普蘭衫，所以我拿了黑色外套來。」

「很好，這件外套非常暖和，裡面加了黑色貂毛，是去年冬天買的。」

「真的帶有光澤呢。」

伊馮娜把外套披在比安卡肩上，誇張地附和她，當然，比安卡的外套確實是如此高級的東西。她穿的衣服雖然趕不上流行，但品質優秀，在首都也難得一見。比安卡輕笑，用手背撫摸貂毛，黑色絨毛柔順地滑過白皙的手背。

比安卡一邊和伊馮娜說話，一邊瞥向加斯帕德。她其實很好奇加斯帕德會有什麼反應。

扎卡里的家臣們通常都不喜歡比安卡奢侈的作為。文森特會如她所願，買來想要的東西，有時候還會細心整理她遺漏的部分，但僅此而已，文森特從不掩飾這是因為扎卡里允許比安卡揮霍，所以他只是聽命行事的態度。

比安卡當然不怎麼在乎他們的態度，反正又不常見面。像羅貝爾那樣當面指責的情況是例外。

但日後不是會經常見到加斯帕德嗎？萬一連這種小事都無法掩飾內心，讓人感到不悅的話，以後只會越來越明顯。只要他露出一點點不悅的神情，比安卡就打算抓住這個把柄，要求扎卡里取消護衛。

然而加斯帕德在比安卡眼中，仍維持著無法捉摸想法的表情，只保持沉默，就像剛才跟扎卡里一起來訪時一樣。大致如她預期的一般沉默寡言。

比安卡搖搖頭，嘆了口氣。白色霧氣從她的唇間飄散至空中，比安卡的這個態度讓伊馮娜誤以為自己準備不周，擔心地問道：

「夫人，您會冷嗎？」

「穿了那麼多層，怎麼可能會冷。」

比安卡輕笑，真的很久沒有人在身邊如此無微不至地關心自己了。

奶媽珍妮去世後，也曾有幾名為了替代她服侍比安卡而來的侍女，但她們總是不聽從比安卡的命令，辦事方式也常讓她不滿。對於比安卡想穿的衣服，她們會說這件不適合夫人、款式太浮誇，不斷指手畫腳。

會忽視比安卡說只編單邊辮子的命令，編成雙邊辮子，或是比安卡常在睡覺前喝蜂蜜水，她們卻說對身體不好，換成牛奶。

一件件的確都是瑣碎的小事，但日積月累後讓人感到心煩。

而且，她們待在比安卡身邊越久，違抗比安卡的次數也越發頻繁。或許她們認為比安卡還是個小女孩，但她是從小就有著作為貴族的自尊心，個性十分固執的孩子。

最後比安卡將這些侍女全數趕出去，說她們毫無用處，除了自己的命令之外不准插嘴干涉。她身邊沒有任何人，連打掃房間或送來餐點的侍女們也會定期更換。

歲月流逝，比安卡對伊馮娜貼身在一旁照顧的感覺很陌生，但是不反感。與原本以為會很礙事的預想不同，甚至有些開心。

在伊馮娜細心的照料下，比安卡的衣服穿得厚實整齊，戴上加了一層貂毛的皮手套，最後拿著溫暖的手爐。暖意逐漸擴散，關節像冰一樣凍結僵硬的身軀放鬆

CHAPTER ✢ 04.

下來。

這股溫暖帶來的滿足感讓比安卡低聲喟嘆，這時她才注意到伊馮娜的樣子。露出線頭的毛織裙看起來織得不密實，疊穿在裡面的棉衣也相當單薄。仔細一看，她穿在裡層的布料不只有一兩層，應該將所有可以穿的衣服都穿上了。這或許是個聰明的辦法，但看起來效果並不好，也不好看。

現在才發現伊馮娜的穿著，比安卡皺著臉問：

「這麼說來，妳穿這是什麼衣服？」

「大家都是這樣穿的。我和夫人不一樣，我很強壯的。」

伊馮娜咧嘴笑了，一邊說著自己很強壯，一邊用手拍了拍自己的上手臂，但指尖的皮膚因寒冷而發脹。比安卡不自覺抓住伊馮娜的手。伊馮娜嚇了一跳，比安卡自己也很吃驚。她藏起慌亂，若無其事地問：

「妳的鼻子也很紅，而且其他女僕沒有像妳穿成這樣。就算是昨天囂張忤逆我的那個女僕也穿著更好的衣服，難道是這裡給妳的錢不夠嗎？」

「不是這樣的。」

個子比伊馮娜矮約半個手掌的比安卡擔心伊馮娜的樣子，看起來就像小孩擔心大人。

比安卡十六歲，伊馮娜二十一歲，確實是如此沒錯。

伊馮娜猶豫了一下，她想在如同自己妹妹般的比安卡面前維持體面，但如果如實告訴比安卡自己的家境，又擔心聽起來就像為了貪圖不正當利益而接近比安卡。

再加上站在身旁的人是鐵壁騎士加斯帕德啊。他可是阿爾諾伯爵的左右手之一，是城堡裡所有女僕都仰慕的男人之一，對他透露自己的家境也很難為情。

但這不過是為了維護自己的面子罷了。其實這些理由不算什麼，刻意隱藏反而也很可笑。伊馮娜羞紅了耳朵，鼓起勇氣結結巴巴地回答：

「我家有很多人，所以我常寄錢回去。但今年冬天的柴火不足，所以又寄了一點回去。」

「我看應該不只是一點吧。」

「其實那是今年製作新衣服的錢，但我還有原本的冬衣，所以我想應該可以穿到今年。」

「妳現在穿的衣服不是冬衣吧。這麼說來，妳昨天穿的衣服感覺比今天還厚，昨天的衣服去哪裡了？」

「……」

CHAPTER ✢ 04.

面對比安卡一句句的追問，伊馮娜最後不知道該怎麼接話，只能閉上嘴。伊馮娜沒有說謊，只是想用沉默掩蓋某個令人困擾的事實。她輕輕咬住嘴唇。

因為說出不合身分的話而觸怒比安卡、被趕出去的安特在女僕中有許多朋友。漂亮的臉蛋和大喇喇的個性讓她成為同輩之間的偶像，男人們也總是追在安特的屁股後面跑。年紀比安特大的人會指責她狂妄自大，應該學會穩重，但內心對安特也十分寬容。

更何況，還有幾位進出阿爾諾堡的貴族糾纏安特，只是看在阿爾諾伯爵的面子上沒有出手動她。這些貴族會對她說希望她來自己領地的甜言蜜語，讓安特有了自負心。

安特會不知分寸地在大庭廣眾下高聲說要得到伯爵大人的心，應該就是平常得到的好意讓她得到勇氣。

總之安特有很多朋友。她被趕出去後，女僕們都在背後議論伊馮娜，說她背叛安特，對夫人阿諛奉承。

『機靈的丫頭，妳以為這樣拍夫人馬屁就能得到什麼嗎？妳有看過夫人將女僕放在身邊嗎？別白費力氣了，妳的野心出賣了同事啊，叛徒！』

伊馮娜做的行為不是背叛安特，而是身為女僕的分內之事。抽打安特的是夫人，下令把安特趕出去的則是領主大人，而一切的起因是安特管不住自己的嘴巴。

但女僕們沒有想這麼多。對他們來說，夫人和領主大人是遙不可及的存在，而安特是朋友。他們閉著眼，對朋友犯的錯誤視而不見，把火把放到伊馮娜唯一一件冬衣上。

『妳去跟夫人告狀啊？夫人最討厭被人操縱戲弄，萬一讓夫人察覺到妳想利用她做什麼，會像安特一樣被趕出去吧？還是妳乾脆就這樣跟安特一起離開怎麼樣？』

火把碰到伊馮娜的衣服，布料被燒得漆黑蜷曲，破了一個大洞。那些人威脅她「再出賣同事就別想輕鬆過日子」才陸續離去。

如果比安卡握有更多實權，或許就不會發生這種事，但管理女僕的工作已由比安卡全權移給文森特，他們知道比安卡不會特別為了這種程度的事出面。

伊馮娜則覺得事情這樣就結束是萬幸了。如果他們把衣服藏起來、丟到積滿汙穢物的地方、用刀割成碎片，那就真的束手無策了。只是燒破洞的話，還能縫上其他布料再穿。伊馮娜鬆了一口氣。

只是今天沒有時間立刻縫補那件衣服，也沒有足夠的碎布。配給女僕們的蠟燭非常少，房間也一片漆黑，沒辦法藉著月光縫補。

CHAPTER ✣ 04.

比安卡盯著猶豫半天，遲遲不敢回答的伊馮娜。她只是好奇，並不是想對伊馮娜發脾氣。比安卡意識到再問下去也沒用，於是聳聳肩轉移話題，摸著自己的貂皮外套。

「話說回來，自從買了這件貂毛外套，那件灰色松鼠毛外套就再也沒穿過了呢。」

「灰色松鼠毛也是很好的皮草，但實在比不上貂毛或狐毛。夫人也比較適合這種款式。」

灰色松鼠毛是划算實用的優秀皮草，但確實比貂毛廉價。比安卡在布蘭克福特家時從來沒有看過這種東西。

嫁來阿爾諾家的時候也有帶幾件皮草來當嫁妝，但隨著時光飛逝，比安卡長大後，只穿原本有的皮草還不夠。

然而當時的阿爾諾家正因漫長的戰爭而囊中羞澀。雖然現在寬裕到能替她買到白狐皮草了，但以當年阿爾諾家的財政狀況而言，買灰色松鼠毛就是極限了。

如今比安卡已擁有許多高級皮草，不再需要灰色松鼠毛的皮草了，說不定那件皮草會在箱子裡度過餘生。

比安卡看似不經意又若無其事地說：

「是啊，那件用灰色松鼠毛製作的皮草應該不會再穿了。妳拿去處理掉吧。」

「什麼？」

「畢竟我不會穿它。我怎麼能穿那種東西，我今年也買了白狐皮草，所以應該不會再穿它了。看妳要自己穿還是丟掉，但我希望妳拿來穿，如果在服侍我之前就先感冒不就糟了嗎？畢竟妳是我的侍女。」

比安卡故意沒好氣地說完，轉身離去。她抬起下巴，趾高氣昂地往前走，嬌小的背影帶著不接受任何反對意見的固執。

夫人剛才是在為我著想嗎？伊馮娜眨了眨眼。

灰色松鼠毛的皮草對比安卡來說是廉價的東西，但對平民伊馮娜而言，是散盡一整年的薪酬也買不到的高貴珍品。

但讓伊馮娜真正感動的並非得到了珍貴的皮草，而是比安卡暗示會讓她繼續待在自己身邊的那句話。

侍女。不同於在遠處做雜事的女僕，是能在主人身邊服侍主人的位置。比安卡確實說了「我的侍女」這幾個字……

「……走吧。」

伊馮娜呆望著比安卡的背影，突然聽到加斯帕德說話，驚訝得轉頭看他。

加斯帕德宛如深邃夜空的雙眼俯視著伊馮娜，接著掠過她身旁，跟上比安卡的腳步。

這時伊馮娜才回過神，抓起裙襬跟在他們身後，侵透至皮膚的寒意在不經意間被遺忘了。

＊　＊　＊

CHAPTER ✢ 04.

冷冽冬風席捲樹木枝枒後，只剩枯瘦的樹枝。或許是因為下了一整夜的雪，白雪堆滿樹枝，替代花朵迎接比安卡。

為了經常散步的夫人，園丁已事先將地上的積雪清掃乾淨了，多虧於此，比安卡能漫步在冬天的庭園中。雖然還有幾處殘雪融化後形成的水窪，不過伊馮娜會熟練地帶領比安卡前行。

冬季沒什麼好看的景色，比安卡卻頗為喜歡冬季庭園乾枯稀疏的感覺。其實不僅是冬天，她也喜歡庭園本身，足以媲美選購奢侈品或裝潢房間。

將作為領主妻子必須負起的眾多職責都交給文森特後，只有庭園的事讓比安卡非常用心，成為比安卡唯一負責的「符合身分」的事。

如此喜歡庭園，平常會在庭園散步到耗盡體力的比安卡，今天卻沒走多久就早早結束了。

伊馮娜憂慮地看著比安卡的臉色，擔心她是因為在意自己的穿著。讓夫人因為在意下人而放棄自己想做的事，以奴僕來說太不像話了。比安卡看出伊馮娜的想法，緩緩搖頭並自言自語似的低喃：

「今天特別累呢。」

「您累了嗎？」

一聽見比安卡的呢喃，伊馮娜立刻反問。這也難怪，白天扎卡里來訪後，比安卡的臉色一直不太好。伊馮娜作夢也沒想到這是比安卡找的藉口，眼裡充滿擔心。

「是啊，今天從早上就有一堆事。啊……而且現在也覺得手有點痛。」

「這麼說來，今天出門散步前忘記為您用藥草水熱敷了，怎麼辦？」

比安卡誇張地喊痛，伊馮娜就慌張起來。比安卡優雅地聳聳肩，泰然自若地扯謊。

「嗯……反正那時候我也不想做這件事，現在幫我熱敷不就好了。」

「是，我馬上去準備。」

CHAPTER ✢ 04.

伊馮娜毫不懷疑地相信比安卡的話，搶先一步迅速跑回城堡，絲毫不在意泥濘的她大步走過，皮鞋下濺起泥土。

望著這樣的她，比安卡的嘴角不自覺露出微笑。有人為自己拚命真是不錯。陌生又酥麻的心情從比安卡的指尖擴散，如同手爐帶來的溫暖。

比安卡像這樣獨自微笑時，和站在自己身後的加斯帕德四目相對。一對上那雙望著自己的深藍色眼睛，比安卡的嘴角也下意識地僵住。

比安卡很清楚其他人對她有什麼想法。他們會竊竊私語，說比安卡連笑容都像有什麼計謀，想必加斯帕德也不怎麼喜歡她。

難為情的比安卡小聲地咳了兩聲，若無其事地轉過身，遮住臉龐，接著走向伊馮娜早一步返回的城堡。

加斯帕德安靜跟著走在前頭的比安卡。他的表情依然沒有絲毫變化，眼裡卻像幽靜的湖水被扔進了一個石子，有細微的漣漪晃蕩。

＊＊＊

比安卡回到房間後不久，伊馮娜就拿著跟昨天一樣的藥草水來為她熱敷。之後簡單用完餐，比安卡將疲憊的身軀泡入浴缸，一整天累積下來的勞累緩緩消散在溫暖的熱水中。

玫瑰花盛開的夏季，浴缸裡會飄滿玫瑰花瓣，但冬天難以取得花卉，會放入玫瑰花精油或柚子乾來產生香氣。深深吸一口搔動鼻尖的香味，熱氣也溫潤了她的鼻腔內部。

在比安卡沐浴時，伊馮娜用銅製暖床器為她暖床。銅製暖床器裡放有炭火，把它放在棉被裡後，床鋪會變得暖烘烘的。因為比安卡很怕冷，她的床鋪從秋天到初春都會使用暖床器加熱。

不僅如此，為了讓熱度留在床上久一點，比安卡的床鋪上方掛有簾布。厚重的布料能阻擋冷風，避免加熱過的寢具冷卻。

比安卡今天的寢具是用金線繡製的金黃色綢緞床單，內裡用羽毛扎實地填滿，棉被裡層也疊著柔軟溫暖的毛皮。

伊馮娜留意著暖床器，以防寢具著火，同時嗅了嗅掛在床頭的香包氣味。用麝香、薰衣草、龍涎香、藏紅花等製成的香包依然充滿香氣，還不需要替換。伊馮娜再次將香包深埋進枕頭之間。

不久後，比安卡洗完澡回到房內。比安卡半透明的睡衣如蟬翼般輕薄，衣領及

CHAPTER ✣ 04.

袖口裝飾荷葉邊。睡衣包裹著白皙皮膚，溫柔地裹住她纖細的身體。只穿著單薄的睡衣太冷了，因此比安卡披上白色貂毛皮草。

伊馮娜為比安卡擦乾頭髮。被水浸溼的髮色看起來比平常更深，甚至像烏鴉的羽毛。

頭髮擦乾後，比安卡讓伊馮娜退下。偌大的房內只剩比安卡一人。就算披上皮草，只穿薄睡衣也讓她感到寒意。比安卡渾身顫抖，走向溫暖的床鋪。

掀開垂下的簾布，比安卡鑽進加溫後溫暖的被窩中，將棉被拉到肩膀。她躺在床上，愣愣地看著搖晃的燭火。放在枕邊的蠟燭照亮整個房間，能朦朧地看到周圍物品的輪廓。

看著蠟燭橘紅色的搖曳火光，彷彿望著夕陽，讓人心起漣漪。伴隨著悸動的情緒，經歷過的事不由自主地浮現，其中包含今天發生的種種，偶爾穿插更久以前、非常遙遠的過往。

比安卡想起今天和伊馮娜及加斯帕德一起去散步的事。雖然扎卡里一早就和其他副隊長找上門的事令她感到不解，但仔細想想，今天一整天過得非常開心。想起自己將不再穿的皮草送給伊馮娜時她的表情，比安卡不自覺地輕笑出來。

加斯帕德比她想得還沉默寡言。有時候當然會覺得他的目光很令人在意，並非沒有存在感，不過遇到需要力氣的事時，無需特地呼來下人就可以馬上解決，非常方便。

明天她想待在房裡刺繡，加斯帕德也會像那樣守在旁邊嗎？

大概會吧。因為他是對扎卡里使命必達的人。

比安卡思考著明天的安排，在床上翻了個身。這時，外面傳來像是有人來訪的吵雜聲。

會在這個時間來的是誰？比安卡不耐煩地眨眨眼。

不速之客的腳步聲毫不掩飾且堅定。

女僕們走進房內時都會放輕腳步，以免惹怒比安卡。而這個人如此理所當然地來到比安卡的房間，她大概猜到了來人是誰。她低聲嘆了口氣，從床上撐起身，棉被從她的肩上滑落。

與此同時，不速之客走進比安卡的房間。不出所料，深夜裡的闖入者是她的丈夫扎卡里。

扎卡里看見房內的昏暗燈光，似乎嚇了一跳，呆站在原地，直到發現比安卡歪著身子坐在床上，他才鬆了一口氣。看來是以為她已經睡了。

皮膚白皙的比安卡穿著白色睡衣，在黑暗中也十分顯眼。扎卡里向比安卡悄聲

CHAPTER ✢ 04.

問道：

「妳要睡了嗎？」

「正準備要睡了。今天特別常見面呢。」

比安卡坐起身後回答。只穿著輕薄的睡衣馬上就會發冷，所以比安卡將手伸向剛才脫掉、放在枕邊的皮草。

將皮草披到肩上，比安卡俐落地走下床，裙角被夾在棉被縫隙裡，赤露的雙腳先伸出床鋪外。有失端莊的模樣讓比安卡感到驚慌，趕緊拉下裙襬。

不過對方是扎卡里，自己的丈夫，她應該想辦法引誘他，把他推倒在床上的人。比安卡拉扯裙襬的手突然頓住。

「……」

那一瞬間，似乎聽到吞嚥口水的聲音，但比安卡以為自己產生了幻聽。究竟是誰？是像銅牆鐵壁的那個人嗎？比安卡哼笑了一聲。

就算只有一瞬間，想利用這個機會誘惑扎卡里的自己也很可笑。扎卡里不可能會對這雙像兩根枯枝般的腿心動。

客觀看待自己的比安卡露出自嘲的笑，接著若無其事地離開床鋪，直挺挺地站起身。瞬間露出來的赤裸雙腿被往下滑落的裙襬遮住。

了。

比安卡拉攏差點從肩上滑下的皮草，抱起雙臂。才離開就開始想念溫暖的床了。

偏偏在這時候來。掩飾不了煩躁的比安卡話裡藏著刀。

「說不需要繼承人的您，怎麼會在這深夜時分來我的寢室呢？」

平常一週能見到一次都算稀奇，今天一天就見到了兩次。聽到比安卡直截了當的譏諷，扎卡里沉默不語。

比安卡的腦袋昏沉沉的。有事可以明天再講，有什麼理由非得急著在這大半夜跑來找她？

比安卡動了動腦袋，不管怎麼想都想不到合理的理由，只能推測可能與加斯帕德有關。雖然是以護衛的名義安排在自己身邊，但扎卡里會讓他跟著自己，只是為了監視她。或許是他聽了監視的報告，有一些話要說。

真煩人。比安卡低聲嘆氣。

「……加斯帕德怎麼樣？」

扎卡里的聲音沙啞，模糊不清，一開始沒辦法聽清楚他在說什麼。比安卡反覆回想了兩遍，才明白他的問題。

該怎麼回答呢？想了一下子，比安卡決定照實回答。

CHAPTER ✣ 04.

「他不會有令人在意的情緒波動，沒什麼存在感，這點我很滿意。當然他的身材那麼高大，經常引人注意的部分讓我有點不中意……」

「……幸好妳覺得滿意。」

扎卡里嘴上說著幸好，表情卻一點也不覺得慶幸的樣子，有點不滿的模樣讓比安卡不解地歪頭。褐色髮絲滑落在白嫩纖細的脖頸上，比安卡把擾人的頭髮甩到頸後。比起繼續談論有關加斯帕德的話題，轉移到其他話題似乎會更好。

「所以，您有什麼事嗎？」

「妳的意思聽起來就像沒事就不要來找妳。」

「……」

「也是，從以前就是這樣，妳會驚慌也是正常的。」

即使不是在催促他快說完，在扎卡里耳裡聽起來卻是如此，不過比安卡不能說完全沒有想趕他離開的想法，說不定是不自覺地透露出了對扎卡里半夜闖入而感到不悅的心情。她用一抹輕笑代替回答。

「就像妳說的，我來找妳是因為有話要跟妳說。」

「什麼事？」

「……」

自己先挑起話題又沉默。扎卡里猶豫的樣子讓比安卡眨了眨眼。他也會欲言又止？那個總是充滿壓迫感，只說自己想說的話的扎卡里？決定安排護衛時，他沒有打算聽取比安卡意見的意思。他想說的事究竟有多可怕，讓他如此難以啟齒？比起好奇，擔心更強烈。

扎卡里猶豫了一下，才下定決心似的小心開口：

「明年春天，我得去王城一趟。」

「……喔，是嗎？」

比安卡皺著眉頭回答。

明年春天要去王城。所以呢？就這樣嗎？

扎卡里要離開領地確實是很重要的事，但也不是非得在深夜時分來找她，還遲遲說不出口的重要內容。比安卡原本很擔心會是什麼事，結果沒什麼大不了的內容讓比安卡鬆了一口氣。

不過事先知道也不壞。回想起重生前的記憶，扎卡里大概就是這個時候曾離開領地很長一段時間。比安卡放鬆緊皺著的眉頭，露出燦爛的笑容故作親切地問道：

「我不知道您為什麼特地來告訴我，但謝謝您提早告知我。幸好不是要出征，您何時會回來呢？」

CHAPTER ✣ 04.

「……大約秋天。」

「到收穫季嗎？您在王城待得真久呢。」

在她的回憶中，扎卡里也是大約秋季時回來。她不記得準確的回城時間，但過了那年冬天，比安卡就滿十八歲，與他度過了初夜，時間算起來差不多。

也就是說，萬一今年冬天結束前沒有與他度過初夜並懷孕，情況發展會和重生前一樣。當然，現在和重生前不同，每次有機會就可以對扎卡里投懷送抱，所以很多事或許會跟著改變，但對想盡快懷上繼承人的比安卡來說，情況令人相當焦急。

即使如此，如果扎卡里本人沒有興趣也沒辦法，果然還是只能等家臣們強推著他來自己的房間啊。比安卡露出苦笑。

「明年春天阿爾貝王世孫要訂婚，明年夏末則是國王登基五十週年，頻繁往返也很累，所以我打算抵達之後留在那裡，順便在首都與朋友多增進友誼。」

「阿爾貝王世孫的話……是高堤耶王子的兒子吧？現在的年紀是……」

「十歲。對象是卡斯提亞王國公主的二女兒，據說已經十二歲吧。」

「……」

雖然十歲還很年幼，但在結婚市場上是適婚的年紀了。比安卡自己不也是七歲就結婚了嗎？她回想起自己的婚姻，對重生後的現在來說，單純是久遠之前的事。

嫁到阿爾諾堡的比安卡，會將自己的房間布置得與布蘭克福特堡一樣，一解鄉愁，只是裝飾房間幾乎成了一種習慣，現在的比安卡對布蘭克福特家宅邸的記憶也已經模糊不清了。

反而是她在修道院嚥下最後一口氣時，那道簡陋又冰冷的石牆更令人記憶猶新。比安卡結婚之前的生活就是這麼久以前的事了。

儘管如此，比安卡心中還是有股莫名的激動。可能是因為太睏了，她扯出笑容輕聲回應。

「那也是無可奈何的。但我很開心您跟我說這些事。」

「妳很開心嗎？」

扎卡里一臉茫然地反問，彷彿沒想到比安卡會這樣回答。比安卡能理解扎卡里的態度。在他心裡，比安卡是個總是發脾氣、只會不耐煩的小孩子，看到她回以微笑的模樣，當然會覺得不自在。

比安卡認為，首先要讓扎卡里知道自己不是以前那個不諳世事的黃毛丫頭了。比安卡反倒笑得更燦爛，用開玩笑的語氣說：

「是的，上次我不知道您去打仗了，還向文森特詢問您去了哪裡。您真該看看

CHAPTER ✣ 04.

文森特當時的表情。」
「文森特讓妳不高興了嗎？」
「不，反倒是我的問題讓文森特感到不悅了吧。」
「他表現出不悅的樣子嗎？甚至讓妳察覺？」
「不……不是，不是那樣的。他是盡忠職守的管家，我交代他的事都辦得很好。」
扎卡里的提問像在逼問自己，讓比安卡尷尬地含糊其辭。
她是開了個輕鬆的玩笑，他卻特別敏感。
或許文森特當時的態度是讓比安卡有些不高興，但她現在早就忘得一乾二淨了。最重要的是，如果如實說出當時的情況，事態可能會變得難以收拾。
比安卡再怎麼不會察言觀色，在只有兩個人的情況下，不可能感覺不到如此明顯的氣氛。
只是比安卡很疑惑，想不通他為什麼會這樣。
文森特是扎卡里值得信賴的家臣，無論何時都遵照扎卡里的意思辦事，他的忠誠不容質疑。
比安卡曾相信如果文森特公然指責自己，扎卡里也會相信文森特，因此現在她只能尷尬地笑著，觀察扎卡里的反應。

扎卡里的表情僵硬，像個要將流著鼻涕的孩子獨自留在家裡的大人，十分鄭重地叮嚀。

「我不在時，總是文森特跟妳在一起，所以如果妳不開心時要告訴我，否則我也無從得知。」

「我知道了。」

比安卡乖乖地點頭，先將扎卡里是不是在懷疑文森特的忠誠這種複雜的問題抛諸腦後。扎卡里來找自己的原因，簡單來說就是為了告訴比安卡，如果文森特在他明年離開領地的期間讓她不開心就要告訴他。

沒想到他如此為自己著想的比安卡稍微鬆了一口氣。雖然不知道他是否真心認為自己比文森特更有價值，就算只在檯面上提升她的地位就令人感激不盡。

仔細想想，扎卡里將來仍會為了擁有繼承人而來找自己。扎卡里過世後，每個人都將比安卡視為眼中釘，想除掉她，所以讓她暫時忘了自己有多大的價值。即使理論上知道，也會下意識地降低對自己的評價。

扎卡里的這個行動給了她相當大的幫助。當比安卡確切明白扎卡里想和自己建立起正面關係的意思時，心情輕鬆不少。

CHAPTER ✣ 04.

如果自己沒有忍受羞恥、主動接近扎卡里，恐怕就不會發生這些事了。比安卡安慰自己這陣子的努力沒有白費功夫，鬆了一口氣。

「請您別擔心，您不在的時候什麼事也沒有，我現在也過得很好。」

「……其實……」

這是扎卡里第二次猶豫不決地支吾其辭了。比安卡這才意識到剛才扎卡里來關心自己的推測是錯的，他還沒說到正題。

他到底想說什麼？恐懼讓比安卡的臉色沉下來。

「明年我也想帶妳一起去首都……」

「什麼？」

比安卡驚訝地反問，無法精準地理解自己聽到的那句話是什麼意思。她眨了眨眼，直盯著扎卡里時，他像辯解般著急地說：

「只要妳不討厭的話。」

「我不是討厭……」

比安卡搖搖頭，支吾起來，臉上滿是茫然。這也能理解，畢竟她從來沒想過要去首都，還是跟扎卡里一起。

比安卡從未去過首都。她成為阿爾諾伯爵夫人後一直都住在阿爾諾堡，扎卡里死去、她被逐出阿爾諾堡後被迫四處流浪，但因為在首都沒有認識的人，所以沒有機會去首都。

比安卡的娘家布蘭克福特家是現任大王子高堤耶派的親信，透過婚姻結成政治聯盟的扎卡里也是如此。雖然高堤耶王子戰死沙場，但對擁護者們而言，他有留下具有正統性的繼承人——嫡子阿貝爾。

阿貝爾王世孫年紀雖小，卻已經展現出明君的資質。他們就像擁戴高堤耶王子一樣，擁護著阿貝爾王世孫。

然而戰事未平，比安卡的兄長、父親，甚至丈夫扎卡里都因此去世。他們是比安卡的家人，同時也是阿貝爾王世孫黨派的砥柱。親信們接二連三死去後，阿貝爾王世孫遭到孤立，而當時的阿貝爾王世孫過於年幼弱小，難以獨撐大局。

最後高堤耶王子的弟弟，也就是阿貝爾王世孫的叔父——雅各布王子逼退阿貝爾，登上王位，並將阿貝爾王世孫流放，曾擁護阿貝爾王世孫的餘黨們全數逐出首都。比安卡的娘家曾是阿貝爾王世孫的親信，自然也沒辦法去由雅各布王子掌權的首都。

在此之前，比安卡都對政治情勢毫不關心。只是遭到驅逐後，比安卡四處漂泊，尋找自己能依靠的地方，才明白這個世界是如何運轉，自己又身處什麼樣的位置。

比安卡意識到除了布蘭克福特家跟阿爾諾家，沒有任何人願意幫助自己，於是將原本珍藏著的珠寶飾品全部捐給某個修道院，才得以躲過世間風雨。

總之，首都對比安卡來說只是個陌生的地方。重生後也只想著該怎麼做才能一輩子待在阿爾諾堡，絲毫沒有想過要去其他地方，更別提旅遊了。比安卡支支吾吾地繼續說，驚訝的心情表露無遺。

「我有一點意外，沒想到會聽到這樣的提議，所以……要離開這裡……」

「我不想將妳囚禁在這座城堡裡。」

「我知道，只是……」

比安卡咬著下唇，顫抖的語尾透露出她有多驚慌，明明不應該表現出如此激動的反應。比安卡緊抓著裙襬，擔心扎卡里因為自己太激動而起疑。

幸好，以一輩子都在城堡裡生活的十六歲少女來說，有這種反應似乎是正常的。也許是不覺得她奇怪，扎卡里安慰似的對比安卡說：

「妳喜歡布置房間，那裡應該會有很多新奇的東西。不僅人多，工匠也很多，所以妳可以找喜歡的工匠訂做掛布，也可以訂做有最新花紋的衣服，買新的家具也不錯。」

件也太優渥了。

她靜靜聽著，扎卡里列出來的條件豐厚至極。作為吸引比安卡一起去首都的條

不解的比安卡出於純粹的好奇心問道：

「……您為什麼不惜這麼做也要帶我一起去呢？」

「妳不想去嗎？」

「我不是這個意思。」

比安卡搖搖頭。假如沒有其他條件，沒有扎卡里答應要買給自己的東西，也不追究他有何居心，純粹問她想不想去首都的話，她的答案很明確。

扎卡里的家臣們說過「夫人也有可能不想去首都」。他們說得沒錯，比安卡顯然很討厭出門，過去的她一定會搖頭拒絕扎卡里同去首都的邀約。

雖然她總是逃避身為領主妻子的眾多責任及義務，但她願意堅守著身為領主妻子「要守護領地、不離開領地至死」的美德，並將其視為自己最後的底線。

她之所以會被費爾南吸引，或許反映出了她待在這座鳥籠裡，不斷累積至今的煩悶心情，不自覺流露出對自由的渴望。費爾南作為吟遊詩人，曾用歌曲將自在暢遊世界的經歷唱給比安卡聽，讓她受到吸引，為他著迷，彷彿一場只要和他在一起，她也能得到自由的美夢。

但那一切是虛假的幻想，是種錯覺。她的期待如破裂的玻璃碎片般四處飛濺，費爾南的背叛讓比安卡脫離幻想，體認到冰冷尖銳的現實有多無情殘酷，纖細的身體無助地被時代這場風暴襲捲吞沒。

要不是現在她獲得了第二次人生，比安卡的世界應該會侷限在阿爾諾堡的房間一隅。

但她已經重生了，下定決心不會再過那樣的生活了，因此不能錯過這個機會，去看看重生前從未見過、一無所知的世界。

更何況，就算她將來生下阿爾諾家的繼承人，扎卡里和她娘家是大王子派，等雅各布王子得勢後，前往首都只會遭受白眼。如果這次不去首都看看，或許這輩子就再也去不了了。心裡的焦躁讓她嘴唇發乾。

比安卡張開微微顫抖的雙唇，深吸一口氣，再鼓起一點勇氣後，豪不遲疑地堅決說出自己的願望。

「我想去。」

比安卡淡綠色的眼眸充滿期待，宛如在夏季陽光下燦爛閃耀的草地般亮麗。照亮房內的燭火搖曳，在比安卡的臉上映出晃動的光線，但她目不轉睛地凝視著扎卡里。她的眼中第一次蘊藏著希望，堅定且明亮，猶如夜空中閃耀的星光。

扎卡里別過頭，像要閃躲比安卡直勾勾仰望自己的視線，以低沉的嗓音說：

「我知道了，我會吩咐他們把妳的行李也準備好。」

他顯然看起來很困惑。

「雖然我覺得首都很無聊，但妳應該會覺得很有趣。啊，我不是說和妳在一起很無聊的意思……」

扎卡里看似失去了平常心，流著冷汗，語無論次地說了很多令人費解的話。到首都之後會暫住在高堤耶王子的城堡裡，那裡比阿爾諾堡熱，得穿薄一點的衣服等等不需要非得現在說的廢話。

比安卡安靜地聽著扎卡里說話，卻不禁歪了歪頭。他是個總有目的，不說廢話的男人，即使是聽起來不重要的話，背後也應該有什麼意義。但越往下聽，比安卡就越不明白這些有什麼意義。

比安卡不算會控制表情的人，她的眉間漸漸開始出現微妙的皺摺，筆直的眉毛豎起，不悅都表現在臉上。結結巴巴說著奇怪內容的扎卡里，這才意識到自己講了莫名其妙的話。

閉上嘴的他反覆張開嘴幾次，最後沉吟著緩緩搖頭。

「……祝妳有個美好的夜晚，我先走了。」

CHAPTER ✣ 04.

問候完後，扎卡里逃也似的轉過身，急著往外走去的腳步倉促。

比安卡細細思考著扎卡里像扔碎石一樣扔下的話語，慢了一拍才注意到他的告別問候。比安卡雖然無法敏銳地察覺到扎卡里為什麼會這樣，卻本能地知道不能就這樣讓他離開。

比安卡喚了一聲扎卡里。

「老公。」

比安卡的呼喚讓扎卡里的身體僵硬地站在原地。比安卡也因為舌尖上這聲不自然的稱呼而愣住。

老公？重生前她有如此親密地叫過扎卡里嗎？

比安卡反覆咀嚼著這個不自覺說出口的稱呼。

老……公，老公，還是很不習慣。比安卡強忍住想用手指摸上嘴唇的衝動，鼓起勇氣道謝。

「真的謝謝你，願意帶我一起去首都。」

這句感謝是她的真心話。

從前的她即使有遇到感激的事，也不曾承認或將心意說出口，因為這樣就像輸了一樣，好像老實承認她會為了這點小事感到高興，她的價值只有這點程度而已。所以她總是出於自尊挺直脖子，緊閉著嘴巴，裝模作樣地扭過頭，像在和扎卡里進行拔河比賽。

如今她明白，那是毫無意義的自尊心之爭。

就算不知道扎卡里做到這種地步的原因，只要他確實知道現在的她不會什麼事都拒絕就好。重生後第一次和扎卡里見面時，他表現出不曾期待過的好意，依舊讓比安卡有些茫然，沒有真實感。

即使如此，還是不能放過這個機會。既然都變成這樣了，乾脆把他心裡單純的好意變成堅定不移的好感不就好了嗎？

比安卡看著地面一會兒後，輕輕抬頭望向扎卡里。他像被槌子擊中頭部般呆愣著，一臉不可置信。比安卡彎起眼睛。

她纖長濃密的睫毛形成影子，從臉頰延伸至下頷的圓弧線條如新月般閃耀。白皙的皮膚宛如倒映月光的雪一樣潔白，淡粉色的唇瓣間能稍微窺見潔白整齊的牙齒。

在她臉上浮現的，是鮮明的笑容。

伸手不打笑臉人，比安卡以為扎卡里也會回以微笑。就算很尷尬又不情願。

但扎卡里的表情卻像看到了不該看的東西，倒退一步，馬上丟下一句「晚安」

CHAPTER ✣ 04.

後立刻逃也似的離開，彷彿無法再待在這間房間裡。

扎卡里離開後，獨自留在房裡的比安卡，燦爛的笑容因為他不明所以的態度凝固在臉上。笑容宛如受到風化消磨的石壁，粉碎得不留一點痕跡。比安卡小心翼翼地用指尖摸摸自己的嘴角，撫過柔軟臉頰的手指微微顫抖。

我的笑容……有那麼奇怪嗎？就像怪物一樣嗎？從來沒有聽誰說過自己長得醜啊……

比安卡悵然若失，望著扎卡里離去的房門。

啊，看來他不喜歡看到我笑的樣子。

比安卡只能這麼想，決定以後盡量不要在扎卡里面前笑。

CHAPTER

05.

對無意義之事的喜愛

白雪下了一整夜，深厚的積雪將世界染成一片白色。每當來到積雪像這樣高及小腿，難以步行的日子，總有許多村民來到領主面前，為各種困境求助。肩上揹著小鹿或兔子的人們描述著村莊裡細瑣的爭執糾紛，空手而來的人們則是傾訴自己遇到的種種憾事，希望借到糧食。所有人都低著頭，看著扎卡里的臉色。

無論多繁瑣的事都要傾聽，這是領主的義務。扎卡里睜著公正雪亮的雙眼，從早上就開始面對蜂擁而至的居民們，辨明村裡的是非對錯。

今天的事情特別多，扎卡里直到中午才有空閒。

他大幅轉動肩膀，想放鬆僵硬的背部肌肉。文森特為扎卡里端來一杯加了與檸檬、肉桂及迷迭香煮過的熱紅酒。

「您辛苦了，不急的工作也可以推延到明天的。」

「我身為領主卻時常不在城內，趁能工作的時候趕快做完比較好。而且他們也要維持生計，不能讓他們耗費時間再跑一趟啊。」

大口喝下熱紅酒，一股暖意填滿肺腑，他深深吐出一口氣。回到城堡已經第三天了，扎卡里卻還沒有自己回到領地的真實感。

在戰場的帳篷裡攤開地圖，商討該在何處設立陣地的場景彷彿還是昨天的事，

CHAPTER ✣ 05.

現在卻能不用擔心背後會射來暗箭，輕鬆地處理事情，還有一杯溫暖的熱紅酒。

最重要的是這座城堡裡……

扎卡里用熱紅酒潤過嗓子，忽然想起什麼似的問道：

「比安卡呢？」

「和昨天一樣，帶著加斯帕德爵士和侍女出去散步了。」

「你說侍女？」

「是位名叫伊馮娜的侍女。」

扎卡里皺起眉頭。

那個叫伊馮娜的侍女分明只是個女僕，什麼時候升為侍女了？除了過世的奶媽以外，比安卡竟然將其他人放在身邊，扎卡里依然不可置信。她應該不喜歡和別人相處才對。

加斯帕德是扎卡里擔心她一個人到處走的時候遇到麻煩，強行安排給她的護衛，但他想不通比安卡將伊馮娜這名侍女放在身邊的理由。

或許文森特會知道？帶著這樣的想法，扎卡里試探性地問了。但文森特搖頭說自己也不太清楚，還因為扎卡里回來後，這陣子只專注於服侍他，對夫人較為疏忽而低下頭。

連文森特都不知道的話就沒辦法了。伊馮娜並沒有犯錯，也不能責怪文森特。兩人究竟是怎麼變親近的這個問題應該問本人最準確，卻又不是非得詢問的事。

扎卡里咂嘴一聲，像平常一樣詢問比安卡生活的細節。

「餐點呢？」

「早上吃了三顆醃漬橄欖。」

「她還是一樣只吃這麼少。」

「夫人說早上沒有胃口。」

「好吧。」

扎卡里闔上的嘴用力抿著。扎卡里雖然不是大胃王，卻會像個軍人，習慣每餐都按時吃。今天早上也吃了兩塊麵包、三塊培根、兩顆雞蛋來填飽肚子。在他看來，三顆橄欖跟鳥飼料沒什麼兩樣。

就算比安卡的身體纖瘦輕盈，只能吃那麼一點東西怎麼能過活？真令人匪夷所思。而且這也不是命令她多吃一點就能解決的事，扎卡里沉吟著。

「難道是我們城堡的料理不合胃口嗎？」

「……如果是菜色的問題，夫人會很明確說出口的。」

「也是。」

CHAPTER ✣ 05.

聽到文森特帶著困惑的回答，扎卡里點點頭。布蘭克福特伯爵盡心呵護養育這位獨生女，扎卡里接手伯爵成為她的法定保護者後，也竭盡所能，滿足唯一的妻子所有要求，結果就是比安卡只要覺得不滿就會直言不諱，並不會在意任何人的臉色，要求想要的東西時也是。

萬一她覺得阿爾諾堡的料理不好吃，她會說「真的不好吃」，就算說出「這也稱得上料理嗎？」、「換個廚師」之類的話也不足為奇。既然沒發生這種事，就代表她對阿爾諾堡的餐點還算滿意吧。扎卡里嘆氣的同時補充道：

「吩咐廚師，叫他多研究一些比安卡可能會喜歡的菜。她就是吃這麼少才會到現在還這麼嬌小。」

「是，我知道了。」

文森特恭敬地回答。雖然不管端上什麼珍饈佳餚，都無法想像「那位」夫人大快朵頤的畫面。但他的主人扎卡里都這麼說了，就不得不照做。

阿爾諾的廚師收到伯爵大人的命令，想必有好一陣子都得表現出對菜單非常用心的樣子，可以預見他為了突然下達的命令傷透腦筋的模樣。

就在此時，羅貝爾和索沃爾來找扎卡里，報告接手加斯帕德過去負責的兵哨站修整與馬匹管理工作後，他們的處理方式跟進度。羅貝爾率先開口。

「伯爵大人，左側城牆已經修繕完畢了。」

「好，在西側森林建造要塞的事進行得如何了？」

「正在採集石材與木材等原料，但因為降雪，很難加快速度。」

「若因為太著急而出事就糟糕了，記得要小心。一定要遵守先前的規定，一週只有能三天召集人力。」

「遵命。」

每週有一天安息日，無論是貴族或農奴，不分階級都要放下手中的犁耙、紙筆或武器，頌揚神的庇佑並休息。而農奴會有三日受到召集，協助領主的工作，只有剩餘的三天能為耕作自己的農地。

有些領主因為貪心，不願遵守三日的期限，要農奴撥出更多時間操勞工作。如此一來，農奴會因為沒有時間耕作自己的農地，注定變得越來越窮。

日漸貧困的農奴會失去進取心，也容易染上疾病，最後導致整個領地更加貧窮，所以扎卡里會命令部下們遵守這個規定。

扎卡里大略聽完羅貝爾的報告後，目光轉向在旁邊等待的索沃爾。

「馬廄怎麼樣了？」

「我們不在的這段期間，有兩隻小馬出生。衰老死亡的馬匹有兩隻，另有一隻

CHAPTER ✢ 05.

因受傷死去。聽說已將死亡馬匹的外皮剝下來，肉製成香腸掛起來保存了。馬廄管理員管理得很好，所以我只經手了照顧和我們一起回來的戰馬而已。」

「很好。」

扎卡里點點頭，每件事都相當順利且妥善地進行中，多少可以安心了。他的嘴邊揚起滿意的微笑。

索沃爾悄悄觀察著扎卡里，他不知為何看起來和平常不一樣。嘴角微微上揚，眼神溫和，以前的扎卡里會鉅細靡遺地檢查各種細節並追問，今天卻很爽快地表示讚賞，任誰來看都明顯一副飄飄然的樣子。

不過，也得有工作能像這樣簡單解決的一天啊。索沃爾暗自得意，用輕快的語氣問：

「伯爵大人，您是不是有什麼好事？」

「……怎麼突然這樣問？」

「因為您今天心情看起來特別好。」

「是嗎？」

扎卡里不正面回答，嘴角勾起淡淡的微笑。不僅是發問的索沃爾，連羅貝爾和文森特也對扎卡里的反應睜大了眼睛，完全不曉得有什麼事能讓扎卡里心情愉悅。

可以問嗎？他們互相使眼色，觀察現在的氣氛。

在家臣們這麼做的時候，扎卡里才突然想起來似的開口：

「啊，我昨天去見了比安卡。」

「……什麼？」

或許是因為話題轉換得過於自然，誰也沒想到扎卡里的笑容與比安卡有關。扎卡里聳聳肩。

「我覺得還是按照你們說的，去詢問她的意願會比較好，所以我就去問她要不要一起去首都。」

家臣們眨了眨眼。

他們主君的個性算是隨和，相當尊重部下們的自主權，沒有明顯的喜好，也會所有事情都交給以文森特為首的部下們處理。當然，他會時常仔細檢查各項事務，並且從未忘記認真聽取報告。

這樣看來，他像個會善於和部下們溝通的上司，不過對自己已經決定好的事十分固執。但這不是剛愎自用，只是動作太快，其他人連說出意見的機會都沒有，事情就處理好了，就像颶風橫掃而過，只留下一片空蕩蕩的沙灘。

有不計其數的事，都是他先自己做好決定並處理完以後，等一切都結束了才

CHAPTER ✣ 05.

通知部下。說好聽點是辦事效率高，難聽一點則是對自己決定好的事完全不容許他人置喙，是個頑固的人。

不過固執和自我主張強烈的個性，與身為主君的判斷力相關，無法單方面視為缺點。尤其是在戰場上，扎卡里這樣的統率力及決斷力展現出強烈的領袖風範，而部下們也習慣扎卡里的行事風格了。

……但那只是他們自認為如此。

他們完全無法理解現在的狀況。

前往首都是明年春天的事。畢竟是長期旅行，需要提前做好準備，若是貴族夫人要同行，需要準備的東西非常多，所以提早告知她是否要同行比較好。

話雖如此，真的需要這麼早告訴她嗎？他們昨天才討論過關於要不要帶夫人去首都的事吧？

究竟是什麼點燃了扎卡里心中的焦急？

扎卡里三名家臣的目光因疑惑而動搖。但就算問他為什麼動作這麼快，一定會得到「越快確定越好不是嗎？」的回答，還有充滿理所當然的眼神。

索沃爾抓抓後頸，羅貝爾則表情僵硬。

不過，突如其來的情況是令人出乎意料，但正如扎卡里所說，這種事情盡快處理好會比較輕鬆，越麻煩的事越是如此。

反正比安卡一定拒絕了扎卡里的提議。他們非常確定，這也無可厚非，因為不管怎麼想，她都沒有理由接受這趟艱辛又費勁的首都行。

首都裡最新流行的家具或服飾應該相當吸引人，但她是個封閉的女人。不善社交的她，本就不是能在生平第一次踏足的空間裡，從容欣賞飾品或家具的個性。

而且說實話，他們也希望她拒絕。要是平白讓她接觸到首都最新、最奢華的流行，大幅影響到阿爾諾家的財政狀況，那就真的是個大問題了。她現在就夠奢侈了不是嗎？

總而言之，他們深深相信比安卡拒絕了扎卡里的提議，絲毫沒有懷疑，雖然那份確信裡有一半是期盼。羅貝爾沒有靈魂地習慣性反問道：

「夫人怎麼說？」

「她說她想去。」

「這是當然……什麼？」

三人都認為比安卡當然拒絕了扎卡里的提議，但扎卡里出乎意料的回答讓他們頓時語塞。羅貝爾的話沒有說完，索沃爾張大了嘴，就連直到現在都不曾表露心思，安靜服侍扎卡里的文森特也瞪大眼睛。

CHAPTER ✣ 05.

騙人，他肯定在說謊。

即使是主君說的話，他們仍不敬地懷著疑心。比安卡贊成一同前往首都就是如此顛覆所有人想像的事。三人的眼中滿是驚訝，都像遭到突襲一樣目瞪口呆。

扎卡里不在意部下們的心情，自言自語般地低聲說：

「她還說非常感激我。」

扎卡里的視線恍惚，黑色瞳孔宛如浸在水中的山葡萄般朦朧。他似乎在回味昨天的事，默默重複好幾次剛才說過的話，還輕聲笑了。

家臣們看著輕笑出聲的扎卡里，都懷疑自己是不是看到了幻覺，不然就是被鬼附身了。

扎卡里的舉動十分詭異。家臣們沒辦法掩飾他們的困惑，張大著嘴。

率先鼓起勇氣提問的是羅貝爾。他無法抹去眼中的疑惑，表情依然混亂地問：

「那個、伯爵大人……很抱歉，請問夫人真的那樣回答嗎？」

「你這問題聽起來像在指責我說謊？」

「非常抱歉，是我僭越了。」

聽到扎卡里不悅地回答，羅貝爾立刻低頭道歉。從扎卡里的反應看來，應該是真的。

也是，他們的主君不是會說謊開玩笑的人。那就代表夫人真的同意一起去首都了……

到現在都在逃避現實而不去想的事成真了，他們毫無來由地抓了抓肚皮，還沒什麼真實感。

扎卡里看出部下們驚慌的內心，不悅地咂嘴。

這是如此不敢相信的事嗎？扎卡里決定不再給他們發表意見的機會，堅決地下達最後的決定。

「總之你們先做好心理準備，明年的首都行也會帶她一起去。」

扎卡里的話無比堅定。部下們明白結果不可能改變，用力地點點頭。

俗話說「天無絕人之路」，但那也得找到路啊。怎麼會變成這樣呢？面對絕望的現實，他們只能嘆氣。

只有留下來守著阿爾諾堡，不前往首都的文森特開心笑著，附和道：「那我要一個人守著城堡了呢。」

莫名不甘心的羅貝爾及索沃爾怒瞪著文森特，但他依舊滿面笑容，火上澆油地說：「祝你們旅途愉快。」那張笑容十分自然，讓兩位騎士像吃了黃蓮的啞巴一樣，什麼也說不出口，只能轉身離去。

CHAPTER ✣ 05.

＊＊＊

雖然在羅貝爾和索沃爾面前一笑置之，但文森特的內心也出現一絲疑惑，因為可疑之處不只一、兩個。她自從扎卡里回來之後開始出現異常的行為，在那之前分明都與往常一樣……

將那個叫伊馮娜的侍女放在身邊也是。似乎是因為安特的事，伊馮娜才被比安卡看中了，但一直以來不管發生什麼事，她都不把任何人放在身邊，竟然只因為那件事將伊馮娜升為貼身侍女？還是在扎卡里回來後不久。

一看就覺得疑點重重。不管怎麼想，顯然都和她想在伯爵大人面前表現一番有關。文森特咂嘴一聲。但就算是這樣，讓伯爵大人看到她把侍女帶在身邊的樣子有什麼意義？即使是老練的文森特也無法輕易看透。

『總之，這裡面一定有什麼陰謀。』

文森特瞇起眼，抿起細薄的嘴唇，人中梳理整齊的鬍鬚也扭曲了。

整件事明明可疑至極，伯爵大人似乎卻對她的行動沒有絲毫懷疑。面對她突發的行為，不僅沒有感到驚訝，反而只是表情淡然地點點頭，讓人無法揣測心思，還替她安排護衛，說要帶她去首都。伯爵大人的這些行動讓文森特的心裡多了一個負擔。

他們至今過著十年如一日的生活，卻以某一天為起點，同時有了天翻地覆的大轉變。站在家臣們的立場，他只感到一陣天旋地轉，心裡鬱悶不解。

雖然不知道夫人改變的原因，但伯爵大人肯定是被這樣的夫人騙了。不曉得她是用什麼甜言蜜語騙倒了伯爵大人，但她沒辦法瞞過自己這雙眼。文森特站在比安卡面前，心裡這麼想著。

今天早上突然被夫人找來。文森特咂嘴一聲，因為通常比安卡找他的原因都是要買新的奢侈品。

說什麼為了阿爾諾家，果然都是假的，就算看起來好像變了，但她的本質依舊沒變……文森特對此深信不移。

然而，彷彿在嘲笑文森特的想法，比安卡說出了文森特意想不到的話。

聽完比安卡的話，文森特懷疑起自己的耳朵。他以為自己還很硬朗，看來真的不能忽視年紀。

文森特下意識地反問：

「……什麼？」

「我說，我的年紀已經夠大了，應該要逐步學習身為阿爾諾家的女主人該做的事了。」

「……」

比安卡平靜地重複自己的話。雖然聽了兩遍，文森特還是有些恍惚。他懷疑自己聽到的是不是真的，難道是自己聽錯了？他想著各種可能性，看向比安卡的眼神不可置信。

比安卡坐在放有蓬鬆靠枕的椅子上，抬頭不以為意地看著文森特，只用困惑的眼神看著他並歪過頭，無法理解文森特驚慌失措的反應。

雖然站在他的立場，這是應該舉雙手贊成的事，但他完全無法信任比安卡，也無法輕易應允。文森特有股衝動，想要抓住比安卡纖細的肩膀搖晃，問出真相。就算這是大不敬的行為，但他真的很想知道比安卡小小的腦袋裡到底在想些什麼。

但是能怎麼辦呢？以文森特的立場是不能這麼做的。他盯著比安卡一陣子，像在揣摩她的想法，最後咂嘴一聲。

他仔細想了一下，逐條列出比安卡至今棄之不顧的職責。

「……夫人對僱用工人、農務、市場物價等等都一無所知……從管理工人開始會比較好。我會提供您我之前紀錄下來的，包含職員們薪酬在內的城堡預算資料。可以看過資料，到現場了解氣氛後，再接管實權，反正您明年會離開城堡，可以等您從首都回來再正式掌管事務。」

「既然我丈夫相信你，那我也相信你。這些都交給你處理，拜託你了。」

比安卡乖乖地點頭。順從的態度十分好相處，反而讓人不安。以前她對文森特挑毛病、不滿的時候還比較好回應。文森特像被鬼附身一樣，表情恍惚地問：

「那麼，您現在就要去城裡看看嗎？」

「好啊，給我一點時間換衣服。伊馮娜。」

「是，夫人，我立刻準備。」

站在房間一角的伊馮娜一聽到比安卡呼喚，立刻快步來到她身旁。伊馮娜拿著幾件衣服，包括披在最外面的大衣，並瞥了一眼靜靜站在原地的文森特。

文森特平時冷靜果決，是下人們害怕敬畏的對象。但今天反常恍惚的模樣讓伊馮娜歪著頭感到疑惑。

伊馮娜小心翼翼地對一動也不動的文森特開口：

「那個，管家大人。夫人要著裝了……」

「……非常抱歉，我一時走神了。那麼我在外面等您。」

總算回神的文森特趕緊離開房間。

不管再怎麼驚訝，都不能如此失態啊！實在有失管理阿爾諾堡的管家身分。文

CHAPTER ✣ 05.

森特訓斥著自己，低聲嘆氣。

他還是不敢相信，「那位」夫人竟然要學習女主人的工作！

加斯帕德像柱子一樣靜靜地站在比安卡的房門前待命。文森特看了一眼加斯帕德，想起自從加斯帕德被拔擢為護衛後，就時時跟在比安卡身邊，說不定加斯帕德知道些什麼。文森特悄聲問道：

「加斯帕德爵士，最近有沒有發生什麼會影響夫人心情的事？」

「沒有什麼事。」

加斯帕德的回答像石頭一樣生硬。文森特問的時候也沒抱太大的期望，但加斯帕德的回答堅定得將文森特的最後一絲希望都連根拔除。

也對，畢竟是加斯帕德爵士，不可能從他口中聽見有意義的回答。文森特再次嘆了一口氣。

這聲嘆息比剛才更為深長。

＊＊＊

文森特埋頭苦思著比安卡有什麼陰謀，但可笑的是比安卡根本就沒什麼企圖。

既不是表面上裝得雲淡風輕，背地裡卻想扯文森特後腿，讓他吃盡苦頭；也不是突然變得懂事，發現自己應該對阿爾諾家負責的義務。

只是她觀察過該怎麼把扎卡里拉到自己床上的結果罷了。更進一步來說，這不過是她自保的手段。

雖然得知扎卡里對自己懷著好意，但也僅止於此，他依然和比安卡維持著一定的距離。在深夜來她的寢室也是為了詢問公事，沒有任何意圖。

他連比安卡的一根手指頭都沒碰。這讓想盡快和扎卡里圓房的比安卡焦躁得蹉腳，十分鬱悶。

但她都已經坦承了，扎卡里還是沒有任何反應，該拿他怎麼辦呢？雖然很想在他脖子綁上繩子，拖到床上撲倒，但兩人的體格差距太大，根本做不到。所以在比安卡看來，最好的方法就是引誘扎卡里產生「想要」的感覺。

果然是自己太年幼了，不符合扎卡里的喜好吧。說不定他喜歡更豐滿的女人。還是對他而言，比安卡本身就是沒什麼魅力的女人……

比安卡審視自己。扁平的胸部、生硬的嘴角、像在瞪人的銳利雙眼，沒有捲度的長直髮連編成辮子都不太容易。不是一下子就散開，就是好不容易編好的辮子很不起眼。

CHAPTER ✢ 05.

再加上她的髮色就如同嚴冬中的樹皮，是單調黯沉的銅褐色。在這將豐盈捲曲的波浪金髮當成審美標準的時代，比安卡的外貌有許多不足之處。

比安卡嘆了一口氣，前方長路漫漫。

但成為政治上的夥伴是可行的。他之所以不來找自己，都是因為他認為比安卡還是不知天高地厚的孩子。

比安卡再次反思自己。睡到很晚才起床，有胃口才吃東西，不然就不吃。帶著護衛出去散步，身上穿的全是今年冬天來臨前新買的衣服，睏了就早早躺上床，不想見的人就不見。

不管怎麼看都是把職責全推給文森特，是只會花錢購物或做自己喜歡的事的黃毛丫頭，所以扎卡里肯定也將比安卡生下繼承人的提議視為小孩子的任性，才會把她的話當作耳邊風。

比安卡苦笑。自己過去的行為反倒害了現在的自己，感覺不太好受。

想到自己曾經因為費爾南而一敗塗地，仍然憤恨不已。為了不再經歷這種令人不悅的事，比安卡拚命努力，但一瞬間出現的幻影讓她變得低落。

比安卡搖搖頭，拋開幻影，毅然抬起頭。

現在的她，與只夢想著與費爾南之間的愛情，無力地等著被逐出貴族社會的過去的她不同了。

當王子發現樂佩公主垂落在窗外的長髮是巫女拿在手中的假道具時，他墜落到荊棘叢中，變成了瞎子。

比安卡就是那位王子。當她發現費爾南的愛是假象後，被驅逐到修道院，最後死去。但就如同王子恢復了視力，這只會在童話故事中出現的奇蹟，讓她回到了少女時期。

只是面對扎卡里的時候莫名著急。我還有很多機會，也能改變很多事，有些事不是已經改變了嗎？例如去首都……比安卡為了冷靜下來，這樣告訴自己。

從可以做的事開始著手就好。

距離扎卡里戰死還有六年。時間說短不短，說長不長。為扎卡里生下孩子是保住她財產最可靠的方法，但如果做不到，只要展現出對阿爾諾家犧牲奉獻的一面……

即使是新登基的國王與扎卡里的兄長維格子爵想從她手中奪走阿爾諾堡和整個家族，也無法輕易把她趕出去才對。

打鐵要趁熱。下定決心的比安卡立刻召來文森特。

要了解阿爾諾堡，沒有比文森特更適合的人。他比經常外出的扎卡里或任何人

CHAPTER ✢ 05.

都了解這座城堡。

其實，雖然是比安卡把自己的工作全數推給了文森特，不過他比比安卡更能幹。

比安卡很清楚，即使她親自接管領地事務，也做不到像文森特那種程度。但如果她能藉此展現出熱情，稍微彌補文森特與她之間的嫌隙就好了。

坦白說，文森特和比安卡之間算是和平相處，沒有發生過爭執，但這並不代表他們對彼此有好感。例如在上一世，比安卡因為和費爾南的事被抓到把柄、逐出阿爾諾堡的時候，文森特只袖手旁觀。

比安卡也不期待他站在自己這一邊。丈夫戰死了，夫人竟然依舊笑得很開心，那時他對主人懷抱的尊敬或許就消耗殆盡，只剩幻滅了吧，而且他本來就不可能還抱持著善意。

比安卡理解他的選擇，所以毫不猶豫地決定要和文森特建立起友好關係。老實說，即使不是文森特，比安卡還是會去找別人，只要對方能提供協助。比安卡擔心的是文森特是否會接受她的提議，而不是讓曾經放棄她的人幫助自己是否正確。

幸好文森特沒有拒絕比安卡。雖然明顯對比安卡突然的行動感到疑惑，但也沒有直白地質問。

對文森特來說，這個提議很突然，但他立刻熟練地帶比安卡去巡視城堡。麵包坊、釀酒廠、畜牧場等等，這些比安卡不曾踏足過的地方。

麵包坊會用收割種植在莊園裡的玉米，製成麵包；釀酒廠製作酒類；畜牧場則製作起司及奶油。領地以自給自足的方式運作，如果沒有根據時節儲備生活物資會陷入困境。用心照料領地生活的人們，對待這些物資比對小孩還慎重。

四處巡視的比安卡一來到新的地方，難聞的味道就刺激著嗅覺。比安卡不自覺皺起眉頭，腳步遲疑，文森特卻毫不在意地走進建築物內。

「這裡是肉品儲藏室，負責生產蠟燭及培根。」

屋內的橫梁上吊掛著香腸與宰殺過後的肉塊。雖是在屠宰場屠殺好才移過來的，血腥味仍未散去，肉類風乾時產生的腥味仍撲面而來。但這和一開始聞到的刺鼻氣味不一樣。比安卡四處張望，想找出那股味道的根源，卻沒找到答案。

在肉品儲藏室工作的人們看見文森特，拍馬屁似的不停鞠躬，露出尷尬的笑容。但看到跟著他進來的比安卡時，表情瞬間僵住。

他們的臉上都表現出了「不會吧？」的想法。

一看就知道與眾不同的高級服飾，乾淨整潔的指尖與耳後，脖子纖細且眼神無懼，不管怎麼看都是貴族夫人。

CHAPTER ✢ 05.

而這座城堡的貴族女性僅有一位。

姑且不論在城堡內工作的人們，在城堡外圍工作、無法見到比安卡的人們不計其數。他們的職務不需要出入城堡主樓，比安卡也沒有離開過城堡主樓，因此這個理所當然的。

這時才意識到比安卡身分的人們，臉上充滿驚訝及懷疑地看著她。

夫人到底為什麼會來這裡？是不是發生了什麼事？

之前比安卡把她討厭的女僕趕出去的故事被誇大扭曲，到處散播，因此這些人因憂慮和恐懼而瞪大了眼，眼底甚至帶有敵意。

不過比安卡對這些下人的反應見怪不怪。她毫不在意地徑直往前走，無論是在麵包坊、釀酒廠還是這裡，她已經遭受這樣的眼神好幾次了。但伊馮娜心中似乎很擔心，用不安的目光看著比安卡。

文森特不可能沒有察覺到這微妙的氣氛，但他裝作不知情，繼續走著。反正有加斯帕德爵士擔任護衛跟著，不管發生什麼事都不用擔心。況且，比安卡要是因為這點程度就打退堂鼓，日後也無法將管理城堡的工作交給她。而且下人們對她的忌諱全是她自作自受。

環顧肉品儲藏室一圈後，他指著角落的大型鹽桶，刻意嚴肅地說：

「冬天狩獵到的量不多，肉品也不易取得。要用鹽巴醃漬，盡可能讓肉品存放更久才行。因為必須先將肉品醃起來儲備，從秋天就要開始囤積鹽巴，這點非常重要，不過現在是已經準備好過冬的狀態。如果夫人以後負責這些事時，請務必記得要早早預備鹽巴。」

「知道了。」

比安卡點點頭。城堡的女主人要掌管城裡的所有事務，當然也包括餐廚的工作。冬天不提供新鮮肉品是身為女主人最基本的常識，但至今從不關心這種事的比安卡對這一切都感到陌生。

文森特對她詳細說明，像是冬季好幾個月的期間要吃的肉不只是鹽巴，還要添加什麼調味品和辛香料，胡椒和糖該如何購得等等。

一下子得到了太多資訊，比安卡雖然點頭說知道了，但她很清楚自己可能今天傍晚就會忘記一半了。

但在眾多下人面前不適合表現出來，她只能若無其事地緊閉著嘴，打算先記下大概，細節日後再問文森特。

文森特可能會用無奈的眼神看向比安卡，但還是會真心誠意地回答她的問題，畢竟這就是他的工作。

CHAPTER ✣ 05.

巡視完肉品儲藏室，他們走到外頭。當文森特表示接下來要去蠟燭廠，之後再去裁縫室時，比安卡在心裡咂嘴一聲，覺得這簡直是強行軍。

蠟燭廠就在肉品儲藏室的前方。蠟燭廠會利用宰殺家畜後剩餘的油脂製成蠟燭，有位男子正持續攪拌著滿滿一鍋的沉重油塊，以防凝固。那是製作蠟燭的原料，比安卡方才聞到的臭味正是由此而來。

蠟燭工匠反覆將綁在木棍上的燭芯浸泡到變硬的豬油中，之後取出。像這樣重複幾次後，燭芯會漸漸裹上油脂，最後形成蠟燭。

「現在製作的是由油脂製作的蠟燭，是城內普遍使用的一般蠟燭。」

「和我用的蠟燭看起來不太一樣？」

「是的。因為夫人、伯爵大人以及餐廳使用的，是用蜜蠟製成的蠟燭。與這種用牛油製作的蠟燭不同，屬於無煙、乾淨且沒有刺鼻氣味的高級品。蜜蠟不僅只能在蜜蜂製造蜂蜜的時節製作，數量也很稀少，是非常高貴的東西。普通家庭會搭配家徽印章，用來封信封，蠟燭則常在教會儀式或王城裡使用。」

妳只要稍微暗一點就叫人點亮的蠟燭就是如此珍貴的東西——文森特的話中隱約帶著責備的意味。周遭的人聽不出來，是只有當事人比安卡才能察覺的赤裸指責。

比安卡有點受傷。自己很奢侈是事實，但把自己不曾要求過的事項也算在自己頭上並責怪她，不是多令人愉悅的事。

她也不想在眾多下人面前為了不重要的事大聲說話。比安卡並未因文森特的不敬而動怒，而是輕描淡寫且不以為意地問道：

「那是那麼珍貴的東西嗎？我都不知道。是誰說要用那種蠟燭的？」

「是伯爵大人。」

「我不知道伯爵大人為什麼要下這種指令，至少也該告訴我一聲，這樣我會更珍惜啊。」

比安卡的嘴角嘲諷似的顫了顫。誰不知道那小小的蠟燭很貴呢？重生前，她在修道院凍得全身發抖，任何一點溫暖比什麼都重要的時候，她也不曾為了得到一根蠟燭而放棄自尊心。經歷過這些的比安卡，如今像這樣因為蠟燭受到責難，心裡自然很不是滋味。

看見比安卡明顯不悅的神情，文森特咂嘴。他現在還清楚記得扎卡里的話。

『一般的蠟燭氣味難聞又有煙，她應該不喜歡。將我妻子常走動的地方都換上蜜蠟蠟燭吧。』

扎卡里雖是貴族，卻對奢侈品毫無關心，也不是很了解。這樣的他會下達使用

CHAPTER ✢ 05.

蜜蠟的指令，當然會讓人誤以為是比安卡對他說了什麼。雖然無法理解，但剛才那顯然是文森特的失誤。文森特立刻彎下腰。

「這是因為伯爵大人希望夫人不需要在意這種小事。是我說了不恰當的話，請您原諒。」

當然，文森特和比安卡都知道扎卡里不是真的那樣想，這只是聽起來好聽，徒有其表的藉口而已。

比安卡曾對世上的一切相當敏感，甚至會一一反駁這種事情，但如今只覺得麻煩又丟人。比安卡揮了揮手，結束這個話題。

「算了。所以在這裡我該注意什麼？」

「為了管理城堡，必須記錄並掌握蠟燭的製作數量，尤其在日照較短的冬季，蠟燭尤其珍貴。雖然這裡製造的蠟燭與夫人和領主大人使用的蠟燭不同，但蠟燭本身是很珍貴的物品，必須嚴格管理。」

文森特一說完，蠟燭工匠就卑躬屈膝地對他們露出笑容。因為不能隨意和身分高貴的人說話，他們便想透過表情給人帶來信任感。

但瞇起的眼睛、尖銳的下巴、細薄的嘴唇不太像值得信任的長相，反倒與他們的想要的不同，讓人心生疑慮。

蠟燭廠需要記得的事情不多，尤其現在正值冬季。冬季的肉品稀少，油脂的產量也變少，而且為了融化油脂而用於鍋爐生火的木柴也很珍貴。

比安卡跟在文森特身後要離開蠟燭廠時，她的目光看到蠟燭廠角落的某個大型木桶後方有一小團毛球。

是動物嗎？還是人的頭髮？好奇的比安卡走過去。

蜷縮在那裡的是一個乾瘦的小男孩，他揮著比蠟燭工匠浸泡出來的蠟燭還纖細的手臂，埋頭做著什麼。仔細一看，他正在雕刻蠟燭。

他深深挖削著白色蠟燭，刻出細膩又一模一樣的花紋。比安卡感到十分神奇，不自覺地開口問：

「你在做什麼？」

「咿咿！」

男孩驚訝地跳起來，嚇得扔掉手中正在雕刻的蠟燭。蠟燭在空中轉了兩圈，比安卡下意識地伸手接住飛來的蠟燭。同時，比安卡的身後響起響亮的怒吼聲。

「尼古拉！你今天又來了！」

上一秒還在看比安卡與文森特臉色的蠟燭工匠激動地大吼。他細長的眼睛裡冒著怒火，在他看來，尼古拉的行為只會讓好好的蠟燭報廢而已。

CHAPTER ✣ 05.

雖然蠟燭工匠也覺得尼古拉的雕刻手藝不錯，但這有什麼用？蠟身被刨挖過後，很快就會燃燒殆盡。畢竟對他們而言，蠟燭本身就是一種奢侈品。

尼古拉總會做這種事，被蠟燭工匠狠狠教訓過好幾次，也勸過他要不要乾脆改成雕刻木頭，反正雕刻在終究會點燃融化的東西上也沒意義。但尼古拉不知道為什麼，對雕刻蠟燭相當執著。

本來還很慶幸今天沒看到他，沒想到他已經忍不住，在角落雕刻起來了，還被夫人發現。蠟燭工匠用不安的視線瞥向夫人。

更雪上加霜的是，文森特回頭來找比安卡。

「夫人，怎麼了嗎？」

蠟燭工匠的臉色發白。不只偷取領地的物資還進行破壞，這下闖下大禍了。或許尼古拉會獨自受罰，但身為蠟燭廠負責人的自己說不定也會因管理不當而被斥責。

平常迎合管家大人的嚴格要求就很辛苦了，想到今後可能會因為尼古拉而遭到更嚴密的審查，就感到一陣惡寒。

而蠟燭工匠的不安立刻成真了。當文森特發現比安卡手中的蠟燭，就豎起了眉。

文森特只是看到比安卡手中的蠟燭，就立刻了解了事發經過。

他從扎卡里離開維格子爵家時就跟在他身邊，扎卡里入主阿爾諾堡的時候當然也在場。從那時到現在，他管理阿爾諾堡大約十三年，眼前突然發生這種脫離掌控的事，難掩無奈。

文森特一臉無奈地來回看著尼古拉和蠟燭工匠，開口問道：

「這種事很常發生嗎？」

「那個……雖然我有提醒過他……」

蠟燭工匠接連點頭，支支吾吾地說，顯然不想為此負責。文森特隨即大聲怒斥。

「雖然這是你們製造的蠟燭，但不是你們的東西，而是領主大人的！蠟燭挖削成這樣，不就會降低使用時間嗎？為什麼沒有立即向我報告？」

「那個，我以為稍微罵過他就會聽話了……他就像牛筋一樣固執，我們也非常頭痛。因為毀損的蠟燭也沒辦法送進城堡裡當成物資……」

文森特大聲斥責後，蠟燭工匠立刻辯解，一副擔心說錯話，責任就被推到自己身上的樣子。然而這樣回應讓文森特更加生氣，質問蠟燭工匠。

「被損毀的蠟燭你都怎麼處理？為什麼至今回報的蠟燭數量沒有短缺？」

CHAPTER ✢ 05.

「因為馬廄或者……我們蠟燭廠也會用……」

文森特氣得說不出話來。簡單來說，就表示他們從未向自己稟報，私下偷偷處理掉了吧？幸好不是竊取蠟燭……但這也是必須解決的問題。

尼古拉再怎麼年幼，既然是在領地工作的農奴，這件事就不能就這樣放過。文森特用可怕的眼神瞪著被蠟燭工匠揪住耳朵，雙腳騰空的尼古拉。

「你到底為什麼——」

「這真的是你刻的嗎？」

但文森特來不及把話說完，因為他一開口，比安卡就插嘴說道。身為管家的他當然不能繼續打斷夫人。文森特自然閉上了嘴，眼神卻充滿了不安、不信任與不滿，不知道比安卡會說出什麼話。

所有人都圍著自己追問，尼古拉緊緊閉上眼，害怕得全身顫抖。尤其是比安卡直盯著他看的綠色眼睛宛如吐著蛇信，要將他一口吞下的毒蛇，令人害怕。

尼古拉工作的蠟燭廠位於阿爾諾堡的邊陲地帶，沒有見過居住在城堡中央尖塔上的比安卡。尼古拉所知道的一切，當然全部是聽到的流言蜚語。

尼古拉認知裡的比安卡是個冷漠乖張的女人，生活極其奢侈，對待為了阿爾諾出戰的伯爵大人也極為冷淡。

最近在農奴們之間也在議論她將忤逆她的女僕脫個精光鞭打後趕出去，模樣不知道有多悽慘。

沒有一絲慈悲的夫人，說不定會把擅自破壞領主大人物品的尼古拉的手指頭一根根折斷，或是拔掉他的指甲。

尼古拉不自覺地縮起手指，握成拳頭，止不住地顫抖。

不知道尼古拉心中恐懼的比安卡再次催促尼古拉回答，她綠色的眼睛注視著手中的蠟燭。

「這真的是你刻的嗎？」

不能再次無視夫人的提問。尼古拉的下巴顫抖著，小心翼翼地點頭。窄小的肩膀瑟縮著，脖子因為緊張而僵硬，嘴唇乾得發燙又刺痛。

尼古拉戰戰兢兢地用口水滋潤乾燥的嘴唇，不知道何時會遭到喝斥。往下看的眼睛四處打量著地面，擔心有人朝自己走來。

自己總是遭到周邊人們嫌棄。身材像枯枝一樣消瘦，也沒什麼力氣，總是沉浸在自己的世界裡，導致他反應不機靈，對別人說的話也理解得很慢。這樣的孩子竟然還破壞物資，蠟燭工匠也曾氣到對他動手。

蠟燭工匠也是削瘦的男人，但對尼古拉來說是可怕的人。他會踢尼古拉的小腿或毆打尼古拉的頭、狠狠甩他一巴掌，讓他整個腦袋都嗡嗡作響。

當然蠟燭工匠也有他的考量。如果這壞習慣不一開始就改掉，日後或許會造成嚴重的問題。那就真的很危險了。

作為農奴的他們本就微不足道，一件小事也會讓他們命懸一線，拿在手中的這根蠟燭也能讓他們丟掉小命。無論是尼古拉，還是負責這間蠟燭廠的蠟燭工匠都是。

但儘管擔心，害怕的事情還是發生了。蠟燭工匠悲傷地緊閉上雙眼。他打罵過尼古拉，也用麵包勸過他，用盡了所有招數，但尼古拉十分固執，從未放棄過破壞蠟燭的想法。

雖然尼古拉說那是「雕刻」，但那算什麼雕刻！當然，蠟燭工匠也同意尼古拉的手藝不錯，認為他或許有這項天賦。

但他們是蠟燭工匠。如果要雕刻，就必須是雕刻家的孩子，同時也得為了支付昂貴的材料費，獲得貴族的資助。尼古拉的父親在他三歲時去世，也曾是蠟燭工匠的同事。尼古拉生為蠟燭工匠的兒子，就必須成為蠟燭工匠，而非雕刻家。

尼古拉也很清楚這件事，但他依然無法放棄雕刻蠟燭。蠟燭工匠曾因為他的固執退讓過，將木頭塞到他手裡，說如果想雕刻就刻在木頭上，但尼古拉還是不願意，因為尼古拉堅持要用蠟燭是有原因的。

很久以前的某個夜晚，尼古拉夢見女神被困在蠟燭裡。夢裡的女神慈祥地雙手合十禱告，祂的上方卻不斷有蠟油滴落，不久後便淹沒了祂的頭頂。

從夢裡醒來的尼古拉滿身是汗，大口喘著氣。雖然只是一場夢，尼古拉卻有股強烈的衝動，心想必須將女神從蠟燭裡拯救出來。

那是啟示。

尼古拉認為救出被困在蠟燭裡的女神是自己的使命。身為虔誠信徒的他，儘管遭到蠟燭工匠竭盡所能地阻止，依然堅持雕刻著蠟燭。

在遙遠的將來，尼古拉完美雕刻出女神像的蠟燭會獻給修道院。收到蠟燭的修道院祭司看到慈祥又有威嚴的女神像後十分感激，將該蠟燭獻給教皇廳。之後收下蠟燭的教皇廳也為尼古拉的雕刻深深著迷，任命他為教團的正式雕刻師。

尼古拉不僅負責雕刻放在祭壇上的蠟燭，也被賦予光榮的任務——雕刻放置於大禮拜堂的女神像。他雕刻過無數個女神像，每一尊都彰顯出女神的慈悲、寬容、犧牲以及虔誠的威嚴，是很傑出的作品。

此刻誰也不曉得尼古拉會成為優秀的雕刻家，名留青史，他本人也是。現在的他只是個害怕得全身顫抖，不知道比安卡會如何懲罰他的農奴。

CHAPTER ✢ 05.

被蠟燭工匠責罵還能承受，因為頂多是被踢小腿，大力拍打背後而已。但如果自己的手指受傷……這是尼古拉最害怕的事。

然而聽到尼古拉回答後，比安卡沉默不語。夫人不說話，周遭的人們也不發一語。目光低垂的尼古拉因為蠶食四周的沉默而感到窒息。

夫人現在是什麼表情？在沉思要怎麼罵我嗎？

他不曉得比安卡的反應，更為恐懼。終於忍不住的尼古拉心翼翼地抬起眼，看向比安卡。

但真的看到比安卡之後，尼古拉嚇了一跳。

她居然正到處摸著尼古拉雕刻的蠟燭？還帶著滿意的笑容！

看到比安卡美麗的嘴角揚起微笑，尼古拉難以置信地眨了眨眼。

細長的睫毛勾勒出圓潤的眼形，在睫毛下方閃耀的綠色瞳孔彷彿灑落的陽光，閃耀著金黃色與白色光芒。

溫暖的春日裡，精靈們從樹葉上收集到的露珠就像那樣吧。不久前還覺得比安卡的淡綠色眼睛宛如毒蛇的尼古拉，不自覺忘我地看著比安卡。

一直只看著蠟燭的比安卡悄悄看向尼古拉。和比安卡四目相對的瞬間，尼古拉的心臟激烈跳動，他立刻低下頭。

那一刻他感覺快窒息了，甚至無法直視她的眼睛。這跟剛才的恐懼不同，一股陌生的壓迫感壓在尼古拉的肩上。這是什麼？尼古拉的腳趾縮起，坐立不安地深吸一口氣。

不同於尼古拉的焦躁，比安卡泰然自若。她翻看著蠟燭，理直氣壯地問：

「很漂亮呢，看起來不錯。這種東西你能做幾個？」

「只要有蠟燭，要、要做幾個都可以。」

尼古拉結結巴巴地回答，腦袋一片空白，不知道比安卡究竟為什麼問這種問題。一直以來，所有人都討厭自己雕刻蠟燭。

難不成夫人……是認可我雕刻蠟燭了嗎？她願意理解我嗎？急促起來的呼吸堵在喉嚨裡。

尼古拉轉動著一雙大眼，試圖了解狀況。小小的瞳孔在偌大的眼裡轉動，散落在鼻梁上的細小雀斑也微微抽動。

尼古拉本能地發現情況對自己來說並不糟糕。總算放鬆一點的尼古拉再次小心地偷看比安卡。

對夫人的一舉一動都感到恐懼而發抖的時候，她看起來就像一名女巫，但再次看向夫人卻是如此美麗，散發著香氣，宛如在陽光下閃亮的長青樹葉，溫暖柔和。尼古拉的臉紅了起來。

完全不了解尼古拉的心情，也不打算了解的比安卡，自顧自露出滿足的微笑。沉浸在自己思緒中的比安卡，面不改色地說出令所有人震驚的話。

「我果然還是希望我的房裡可以用這種蠟燭。」

「什麼？」

蠟燭工匠呆愣地反問，似乎完全無法理解比安卡的意思，面露困惑。這時候迅速掌握情況的文森特趕緊解釋：

「夫人，這種蠟燭因為被刨刮過，沒辦法燃燒太久。而且夫人房裡用的蠟燭和這種用油脂製成的不同……」

「那就讓他用蜜蠟蠟燭雕刻就好啦。反正也不是每個地方都要用，只在我房裡使用而已。」

比安卡聳聳肩。看到她若無其事地隨口說出別人意想不到的事，文森特驚訝地張大嘴巴。

他不久前才委婉指責過比安卡使用蜜蠟蠟燭的事，但她現在的語氣卻像滿不在乎這些東西。不僅沒有把文森特說的放在心上，還想嘲諷他說的話。

『還說什麼需要先學習阿爾諾家女主人該做的職責！』

還以為她終於了解了領地的財政狀況，會減少消費，讓文森特有點欣慰，但這股心情就跟假象一樣消失無蹤了。雖然不知道她打著什麼主意，但還不如安靜地關在城堡裡比較好。

此時比安卡帶著燦笑歪過頭，像在嘲笑著文森特的這種想法。

「伯爵大人沒有告知過我，表示我可以選擇我想用的蠟燭吧？」

「但是……」

比安卡依舊歪著頭，仰望文森特的模樣看起來非常自然，就像不諳世事的夫人說出了不懂事的話。

但文森特絕對不相信比安卡說的這些話沒有任何意思，分明是想要嘲諷他。看著那什麼都不了解的天真模樣，文森特心裡火冒三丈。當然，這些比安卡都不知道。

「難道領地的經濟狀況糟糕到連一根蠟燭都不能用了嗎？如果管家你這麼說，那我也能理解。」

「……是沒有那麼糟糕。」

雖然憤怒，但那又如何？他是管家，而她是主人的妻子，僕從不能拒絕主人的命令。事實上，伯爵大人曾命令過文森特，要盡可能滿足比安卡的要求，那他就沒理由拒絕比安卡。文森特乖乖收起脾氣，做出讓步。

「那就這麼說定了。我希望這種蠟燭盡快出現在我房裡。」

「……我會努力的。」

這場小小的意氣之爭分出了勝負。咬著牙低下頭的文森特在腦海裡打著算盤。如果只在比安卡的房裡使用，應該不會消耗太多預算。再加上她今年冬天買的奢侈品僅有一件狐狸皮草，比起去年，已經明顯節省許多了。

當然，文森特不認為比安卡會省下那些錢，他的預想果然沒錯。她不懂得省錢的方法，卻對自己可以使用的額度錙銖必較，不會留下一分一毫。文森特緊抿著嘴。

獲勝的比安卡已經對蠟燭廠失去了興趣，高傲地命令：

「那這個地方幾乎都看過了，帶我去下個地方吧。」

文森特點點頭，邁開腳步，比安卡跟在他身後。一直在旁邊注意情況的伊馮娜和加斯帕德也安靜地跟著她。

他們一離開，因為蠟燭廠發生意想不到的騷動而聚集的人們也一哄而散。萬一被嚴厲的管家和狠毒的夫人看到，不知道會被說什麼。等比安卡和文森特走遠，他們悄聲議論著，說比安卡被奢侈蒙蔽了雙眼。

「那麼珍貴的東西，為什麼要特地叫他挖掉啊？」

「不知道。是她不想和平民使用一樣的蠟燭吧？貴族們不都喜歡作工更複雜的東西嗎？」

「可是，用蜜蠟就夠了，居然還嫌形狀相同？那貴族們吃的麵包和我們吃的麵包不一樣嗎？」

「總之，貴族的想法真無法理解。」

「可以像這樣大把大把地花錢，當貴族真的太好了！我們連蠟燭融化流下來的蠟都珍惜得要命。」

「伯爵大人不知道夫人做這些事嗎？」

人們的聲音在尼古拉的耳邊嗡嗡作響，替尼古拉說出了心聲，即使在蠟燭上雕刻的正是他自己。

雖然這是他抱著信念堅持至今的事，至今為止都沒有不屈服於反對，仍緊抓著不放。但像這樣反過來受到喜愛，尼古拉的想法卻從根本上開始動搖。

到底為什麼？

疑惑、好奇與期待在他心中一隅翻騰。他跑起來追上逐漸走遠的比安卡，周邊的人們都被尼古拉突然的舉動嚇得倒抽一口氣。

就在他纖細的手指快要碰到比安卡的長袍下襬時，有人攔住了他。擔任比安卡

CHAPTER ✢ 05.

護衛的副隊長，加斯帕德攔住了尼古拉。加斯帕德用結實的手擋住尼古拉的去路，讓他再也無法靠近比安卡。

但尼古拉絲毫不在意，站在遠處望著比安卡，他的視線裡只有她的存在，甚至能感受到發狂的偏執。

看著尼古拉的眾人都以為他瘋了。攔下貴族，或者拚命追上貴族都是重罪。曾被所有人嫌棄的蠟燭得到認可固然開心，但尼古拉忘了分寸，周遭的人們都皺眉看向尼古拉，認為年幼的他高興過頭，忘了自己的身分肆意妄為。

能預想到尼古拉被打斷手骨，在地上打滾的模樣，還有人為即將被殘忍拋棄的這孩子表示哀悼，在胸前劃了十字。

比安卡優雅地轉過身。她的舉止總是優雅又從容。她緩緩轉過身，陽光撒在她的身後，看起來就像神聖的光環。尼古拉皺起眉，瞇起眼睛，一股腦地說出一直在嘴裡打轉的疑問。

「您究竟為什麼要用我的蠟燭呢？就像尚恩大叔說的，我的蠟燭燒不了太久，容易融化，所以當成裝飾也毫無用處。因為把房間裝飾得更華麗是燭臺的責任，蠟燭是為了照亮房間啊。」

「真是愚蠢的問題。」

比安卡煩躁地皺起眉頭。好好地走著，中途停下來讓她感到煩躁，停下來後聽到的話也令人不耐。比安卡用冰冷的眼神俯視拚命纏著自己的尼古拉說：

「只要能填飽肚子，不管吃什麼都無所謂，但如果吃到好吃的，心情不是會更好嗎？假如好吃的食物旁邊有漂亮的裝飾，不就更好了？使用美麗的東西會讓心情變好。即使沒有需要美麗的理由，美麗的外貌又很快就會消失也一樣，因為我很容易感到煩躁，要是能用這點小東西能讓心情變好，那就值得了。不是嗎，管家？」

「……當然。」

文森特雖然不高興地咂嘴，卻順從地回應。平常脾氣暴躁的比安卡確實只在揮霍的時候心情會變好。他的主人扎卡里也會認為，如果能讓比安卡心情愉悅，花這些錢就值得才對。

雖然文森特覺得這非常沒效率，但若「真正」血統優良的貴族們要這麼做，他也只能配合。文森特即使能力出眾，也只是在子爵家工作的人，而比安卡是出生在名門伯爵家的貴族千金。

他也承認奢侈與體面有某種程度的關聯。等到將來，扎卡里更出人頭地的時候，文森特也不希望他在這些地方失了面子。

聽到文森特同意，比安卡聳聳肩，像在誇耀。所有人都視為珍寶的東西對她來

CHAPTER ✣ 05.

說微不足道，而每個人都認為不重要的事，對她而言卻無比沉重。

她宛如微風般輕盈又不失高雅的態度，讓人們感覺到她與他們天生就有不同之處，或許那是所謂的氣質。

即使她的內心既奢侈又無情，但她與生俱來就刻在骨子裡的高貴態度，連文森特也無從挑剔，即使那只是表面。

「你刻的蠟燭很漂亮，看著心情會變好。對我來說那就夠了。」

比安卡輕描淡寫地回答完，用「這樣有回答到你的問題嗎？」的眼神看著尼古拉。但她的視線沒有停留在尼古拉身上太久，他對比安卡而言，就是長滿整個花園的一根綠草。

比安卡馬上用白皙纖細的手指拉起裙襬，繼續向前走。比安卡一動身，她的侍從們也跟在她身後。

比安卡的態度冷漠高傲，但尼古拉的心臟卻比以往更激動地跳動著。她對尼古拉說的話以她的嗓音，不停在尼古拉的耳邊響起。

即使比安卡已經離開一段時間了，尼古拉依然站在原地發愣，望著比安卡消失的身影。

＊＊＊

我們的夫人至今都關在房間裡。因為她不會到領地露面，所以有各種關於她的傳聞流轉在農奴們之間。大家當然都知道如果被抓到，會受到嚴重的懲罰，但人民都敢在國王聽不見的地方罵國王了，說點夫人的壞話不算什麼吧？我也在工作的時候聽過夫人的傳聞。

關於夫人的傳聞大部分都是不好的事。

最常聽到的是夫人長得十分醜陋。以前結婚的時候是漂亮的少女，但隨著年紀增長，就再也不能睜眼說瞎話了，還說她因為沒有曬過太陽，皮膚像屍體一樣慘白，又非常神經質，瘦骨嶙峋的身體像個老太婆。

我曾想過再怎麼說也不可能到這種程度，但在城堡主樓工作的下人們的態度，讓農奴們更加相信自己的妄想。他們每天只要聚在一起，就會開始講起夫人嫉妒女僕而鞭打她的故事。

他們說夫人總是挑剔漂亮女僕的長相、把人趕出去，因為無法改變面貌，所以穿上非常昂貴的衣服，還有人嘟囔著「這樣就會變漂亮嗎？」、「心地善良，臉蛋也會變好看，但我們夫人做不到」等等。

CHAPTER ✢ 05.

在城堡外工作的農奴們不會見到夫人，但親眼看到被夫人責罵的女僕哭哭啼啼地離開城堡，自然都會相信下人們說的話。我也一樣！

但實際見到的夫人完全不一樣。

傳言像屍體的皮膚如冰一般透明脆弱，就算把我賣了絕對也買不起的高貴玉石布料和夫人相襯得驚人。雖然確實很瘦弱，但怎麼會是老太婆，光滑的皮膚彷彿用融化的蠟液凝固而成，白淨無瑕。別說她對漂亮的女僕心生嫉妒了，反而是女僕們會在夫人面前感到自卑才對！

夫人只是身體柔弱罷了。文雅的雙手沒什麼力氣，但閃耀著光芒的淡綠色眼瞳像在燃燒，迸發著生命力。

夫人仔細看著我雕刻的蠟燭時，整個世界瞬間停止，彷彿只有我和夫人存在於這個世界。如此美麗又崇高的夫人竟然喜歡我竭盡心力雕刻出來的作品！

這是十分令人著迷的經驗。

大家都對我的手藝嗤之以鼻，夫人卻很欣賞，還說要我負責雕刻放在她房間裡的蠟燭，不管怎麼想都難以置信。

蠟燭廠的人們都說這只是夫人的一時興起，只是把像你這種人當成笑話而已，雖然現在拿著你雕刻的蠟燭大驚小怪，也只是暫時的。明天就會像其他貴族一樣忘得一乾二淨。

他們叫我不要太期待，但我不相信。

我現在知道了，周圍的人們至今都用莫名的藉口詆毀孱弱的夫人，現在私下說的話也一樣。

就這樣糊里糊塗地過了一天，月光從窗戶灑下，我躺在木板床上，蜷縮起身子。雖然很想藉著月光繼續雕刻，但蠟燭的庫存管理相當嚴格，不能隨意拿取。

尤其是夫人使用的蜜蠟蠟燭很珍貴，是由管家大人另外保管。我祈禱著夫人千萬不要忘記我，睜著眼睛直到天亮。

於是我因為不安與焦躁而顫抖著迎來早晨。尚恩大叔看到我眼下有深深的黑眼圈，雖然咂嘴一聲，卻什麼也沒有說。平常最期待的早餐，現在卻鯁在喉頭。

夫人什麼時候會傳來消息呢？

吃完早餐後等到正午，我就像曬乾的菜葉一樣萎靡。但就在吃午餐前，尚恩大叔叫我過去，說夫人傳來了消息！

管家大人將裝有蜜蠟蠟燭的木箱遞給我，告訴我今天晚上夫人想要使用我雕刻的蠟燭，所以就算有其他工作，也要以這件事為優先！我連續點頭好幾次。

我興奮地開始雕刻蠟燭，畢竟是夫人的命令，所以沒有任何人來打擾我。昨天

CHAPTER ✢ 05.

說夫人一定會把我忘得一乾二淨的蘇珊阿姨難為情地拿了一顆馬鈴薯給我。

我感激地接下馬鈴薯，但我沒有馬上吃。如果是以前，我一定會馬上削皮，大口放進嘴巴裡，但現在繼續操作手上的鑿子更重要。

我成功雕出至今為止最完美漂亮的作品。我帶著輕鬆的心情將雕刻好的蠟燭交給管家大人，他卻靜靜地看著手中的雕刻，叫我跟他走。

什麼都不知道的我跟著管家走。穿過幾座城門，周邊的景象逐漸變換，人們的穿著也越來越高級。

走了好一會兒，我停在一扇偌大的房門前。管家大人叩叩敲了門，說：

「人帶來了，夫人。」

聽見管家大人的話，我才知道我來到了夫人的房間。

管家大人把我推進房內。我拿著放有雕刻蠟燭的木箱，走進夫人的房間。我的腦袋暈眩，完全沒辦法思考，甚至沒感覺到夫人的侍女將我手中的木箱拿走。

夫人仔細看完雕刻，微微笑著說：「做得很好，尼古拉。」

這時我才終於回過神來。夫人的微笑宛如剛綻放的花苞，安靜又不容易察覺，卻是任何東西都珍貴的微笑。

而且夫人居然記得我的名字！或許是太驚訝了，夫人問我這是怎麼雕刻的？刻上了什麼？我都沒辦法好好回答。

我說話又小聲又結巴，夫人卻再次對我笑，叫我慢慢回答。多麼親切啊！

看著夫人的微笑，我的心跳加速。我一直以來都認為為了將女神從蠟燭裡拯救出來，我必須雕刻，但見過夫人之後，我滿腦子都只想著夫人。每當夫人要求我雕刻蠟燭，我心中都會湧現我想為了夫人、只為了夫人雕刻的心情。

但現在還不夠，我覺得自己的實力還不足以雕刻出夫人的樣貌。

以前都躲在角落雕刻的我，現在能在蠟燭廠的一角放張木椅，光明正大地雕刻。這真的是我人生的轉捩點，怎麼能不興奮呢？

這一切都是託夫人的福。雖然因為我得到了夫人的寵愛，人們不會在我面前大聲談論，但還是有很多人說著夫人刻薄善妒、神經質等閒話。但我絕對不會再相信這些話了。

因為夫人是個好人！

——未完待續

高寶書版集團
gobooks.com.tw

CP019
婚姻這門生意 1
결혼 장사

作　　者　KEN
封面繪圖　Misty 系田
譯　　者　M 夫人
編　　輯　林欣潔
美術編輯　4YAN
排　　版　彭立瑋
企　　劃　李欣霓

發 行 人　朱凱蕾
出　　版　三日月書版股份有限公司
Mikazuki Publishing Co., Ltd.
地　　址　臺北市內湖區洲子街 88 號 3 樓
網　　址　www.gobooks.com.tw
電　　話　(02) 27992788
電　　郵　readers@gobooks.com.tw（讀者服務部）
傳　　真　出版部　(02) 27990909　行銷部 (02) 27993088
郵政劃撥　19394552
戶　　名　英屬維京群島商高寶國際有限公司臺灣分公司
發　　行　英屬維京群島商高寶國際有限公司台灣分公司 / Printed in Taiwan
Global Group Holdings, Ltd.
法律顧問　永然聯合法律事務所
初版日期　2025 年 4 月

國家圖書館出版品預行編目 (CIP) 資料

婚姻這門生意 / Ken 著 ; M 夫人譯 . -- 初版 . -- 臺北市 : 三日月書版股份有限公司出版 : 英屬維京群島商高寶國際有限公司台灣分公司發行 , 2025.04
面 ;　公分 . --

譯自 : 결혼 장사

ISBN 978-626-7391-64-8 (第 1 冊 : 平裝)

862.57　　114002811